共和国故事

# 科学春天

## ——全国科学大会胜利召开

王金锋 编写

吉林出版集团股份有限公司

图书在版编目（CIP）数据

科学春天：全国科学大会胜利召开/王金锋编. ——

长春：吉林出版集团股份有限公司，2009. 12

　（共和国故事）

　ISBN 978-7-5463-1783-0

Ⅰ．①科… Ⅱ．①王… Ⅲ．①纪实文学 – 中国 – 当代 Ⅳ．①I25

中国版本图书馆 CIP 数据核字（2009）第 237761 号

## 科学春天——全国科学大会胜利召开

KEXUE CHUNTIAN　　QUANGUO KEXUE DAHUI SHENGLI ZHAOKAI

编写　王金锋

责任编辑　祖航　李婷婷

出版发行　吉林出版集团股份有限公司

印刷　三河市嵩川印刷有限公司

版次　2010 年 1 月第 1 版　　　2022 年 1 月第 10 次印刷

开本　710mm×1000mm　1/16　　印张　8　字数　69 千

书号　ISBN 978-7-5463-1783-0　　定价　29. 80 元

社址　吉林省长春市福祉大路 5788 号

电话　0431 – 81629968

电子邮箱　tuzi8818@126. com

版权所有　翻印必究

如有印装质量问题，请寄本社退换

# 前　言

　　自 1949 年 10 月 1 日中华人民共和国成立至今,新中国已走过了 60 年的风雨历程。历史是一面镜子,我们可以从多视角、多侧面对其进行解读。然而有一点是可以肯定的,那就是,半个多世纪以来,在中国共产党的领导下,中国的政治、经济、军事、外交、文化、教育、科技、社会、民生等领域,都发生了深刻的变化,中国人民站起来了,中华民族已屹立于世界民族之林。

　　60 年是短暂的,但这 60 年带给中国的却是极不平凡的。60 年的神州大地经历了沧桑巨变。从开国大典到 60 年国庆盛典,从经济战线上的三大战役到经济总量居世界第三位,从对农业、手工业、资本主义工商业的三大改造到社会主义市场经济体制的基本确立,从宜将剩勇追穷寇到建立了强大的国防军,从废除一切不平等条约到独立自主的和平外交政策,从"双百"方针到体制改革后的文化事业欣欣向荣,从扫除文盲到实施科教兴国战略建设新型国家,从翻身解放到实现小康社会,凡此种种,中国人民在每个领域无不留下发展的足迹,写就不朽的诗篇。

　　60 年的时间在历史的长河中可谓沧海一粟。其间究竟发生了些什么,怎样发生的,过程怎样,结果如何,却非人人都清楚知道的。对此,亲身经历者或可鲜活如昨,但对后来者来说却可能只是一个概念,对某段历史的记忆影像或不存在,或是模糊的。基于此,为了让年轻人,特别是青少年永远铭记共和国这段不朽的历史,我们推出了这套《共和国故事》。

《共和国故事》虽为故事,但却与戏说无关,我们不过是想借助通俗、富于感染力的文字记录这段历史。在丛书的谋篇布局上,我们尽量选取各个时代具有代表性或深具普遍意义的若干事件加以叙述,使其能反映共和国发展的全景和脉络。为了使题目的设置不至于因大而空,我们着眼于每一重大历史事件的缘起、过程、结局、时间、地点、人物等,抓住点滴和些许小事,力求通透。

历史是复杂的,事态的发展因素也是多方面的。由于叙述者的视角、文化构成不同,对事件的认知或有不足,但这不会影响我们对整个历史事件的判断和思考,至于它能否清晰地表达出我们编辑这套书的本意,那只能交给读者去评判了。

这套丛书可谓是一部书写红色记忆的读物,它对于了解共和国的历史、中国共产党的英明领导和中国人民的伟大实践都是不可或缺的。同时,这套丛书又是一套普及性读物,既针对重点阅读人群,也适宜在全民中推广。相信它必将在我国开展的全民阅读活动中发挥大的作用,成为装备中小学图书馆、农家书屋、社区书屋、机关及企事业单位职工图书室、连队图书室等的重点选择对象。

编　者

2010 年 1 月

## 目录

# 一、 中央决策

● 裴丽生指出："科技普及，有需要代价的方式，也有不要代价的方式，不能事事伸手要钱。除技术承包外，其他方式也不可忽视。"

# 政治局决定召开科学大会

1977 年 5 月 30 日，中共中央政治局会议在北京召开。

在这次会上，中国科学院的方毅、李昌和武衡做了关于如何恢复和开展科学技术工作的汇报。

会议最后作出决定，在 1977 年冬季或 1978 年 1 月至 2 月召开全国科学大会，由中国科学院和中国人民解放军国防科学技术委员会（简称"国防科委"）负责筹备。

有关全国科学大会的安排，基本上是按邓小平关于整顿科技工作的设想展开的。

知识分子问题、科技发展问题一直是新中国成立后中央面临的重要问题之一。

早在 1975 年，邓小平主持国务院工作期间，拟从整顿科学院入手，恢复科研工作秩序。邓小平明确地提出要建设四个现代化，关键是科学技术的现代化。

1975 年 7 月 22 日，胡耀邦受命来到科学院。在这段时间里，胡耀邦雷厉风行地进行了拨乱反正，给科技界留下了极其深刻的印象。

胡耀邦曾表示：

我们一定要把科学搞上去，政治和政治工

作是不一样的，政治是挂帅的，政治工作是为中心工作服务的，政治工作如果不能推动科学的发展，就是失败的。如果破坏了科学工作的发展，那就是反动的政治工作。

胡耀邦主持制定了科学院《汇报提纲》，提出了一系列将科学工作引入正轨的措施。

1975 年 10 月 25 日，科学院召开"纪念长征胜利四十周年"大会。

胡耀邦认为：

搞四个现代化，科学是中间的一个。三大革命运动，科学有三分之一，科学极其重要，四个现代化没有科学现代化，就不会有其他的三化。所以，我们要做奋斗。

胡耀邦说，他们在延安的时候，就点个小油灯，在灯下看书学习。现在是什么条件，虽然还是很困难，但还是有电灯啊，要抓紧时间。最后这 25 年的时间，就是发誓也要把中国的科学技术搞上去！

胡耀邦建议，到 2000 年再到这里开个大会，来庆祝这个"新长征"的胜利。

胡耀邦为振兴科学奠定了很好的思想基础，也可以说这是全国科学大会的前奏。

1977年5月，邓小平对当时的主要问题作了思考。他用"贫穷不是社会主义"这一观点，对中国的道路到底如何走的问题做了回答。他认为要从科学技术着手，多次谈话都强调要尊重知识、尊重人才。

1977年5月12日，邓小平约方毅和李昌谈话。

5月24日，邓小平又和王震、邓力群、于光远谈话。

这两次谈话的内容基本上是一样的，都强调了实现现代化的关键是科学技术，发展科技必须抓教育，一定要在党内营造尊重知识、尊重人才的气氛。

邓小平认为，中国要走现代化建设之路，要改革，就必须寻找突破口，这个突破口就是科学技术。

当时，邓小平与诺贝尔奖获得者、美籍华人丁肇中教授谈话时说，要搞建设，没有人才、没有科学知识怎么搞。

1977年6月2日，方毅召集中国科学院、国防科委、国防科工办、国家计划委员会（简称国家计委）、教育部、石化部、卫生部、农林部、第一机械工业部等单位负责人，讨论成立有关单位负责人参加的全国科学大会筹备工作领导小组，落实有关筹备工作。

6月6日，中共中央批准了成立由方毅任组长，包括李昌、武衡、张爱萍、李耀文、方强、姚依林、刘西尧等16人组成的筹备工作领导小组。

领导小组下设6个工作组。领导小组组长后来改为邹家华。

其中，秘书组负责筹备工作办公室的日常行政事务，并为科学大会的会务工作做准备；文件起草和简报组负责起草通知和编发工作简报；评选组负责评选在全国科学大会上要表彰和奖励的科技工作先进单位、先进人物以及重要科技成果；宣传组负责大会的宣传报道；展览组负责筹办一次全国科学技术成果展览会。

1977 年 7 月 1 日，教育部发出通知，要求教育战线做好科学大会筹备工作。

随着筹备工作的全面展开，全国上下迅速形成大办科学的热潮。

国务院各部委和许多省市都是第一书记亲自抓，省市委、部委专门讨论科技工作，并召开一万、几万、几十万，甚至一两百万人的动员大会和广播大会，发动广大群众迎接全国科学大会的召开。

中央决策的力量是巨大的，全国人民和广大科学工作者一起，开始企盼科学春天的到来。

# 邓小平主持科教座谈会

1977 年 8 月 4 日，在北京人民大会堂，全国科教工作座谈会召开。

这次座谈会是由邓小平提议召开的，他亲自主持了这次座谈会。

被邀请到会的中国科学院系统的科学家有长春光学精密机械研究所的王大珩、数学研究所的吴文俊、声学研究所的马大猷、化学研究所的钱人元、物理研究所的郝柏林、生物物理研究所的邹承鲁、地理研究所的黄秉维、大气物理研究所的叶笃正、半导体研究所的王守武、上海硅酸盐研究所的严东生、地质研究所的张文佑、上海有机化学研究所的汪猷、计算技术研究所的许孔时和高庆狮。

其他的与会者主要来自高等院校、中国农林科学院和中国医学科学院。

这个名单体现了邓小平所期待的科学家队伍的老中青，特别是中青年的构成。

根据邓小平的指示，会议组织者对来京的科学家和教授的生活起居做了周到的安排，特地派专车接送已经 70 多岁的苏步青教授、杨石先教授和金善宝教授。

8 月 4 日，明亮的阳光透过高大的玻璃窗照进人民大会堂台湾厅，两排红丝绒沙发上坐着来自全国各地的 33 位著名科学家、教育家和教授。

在当时，大家坐得很随意，邓小平采取了同科学家和教授们聊天的方式。他一坐下，便操着浓重的四川口音，亲切地对大家说：

> 这次召开科学和教育工作座谈会，主要是想听听大家的意见，向大家学习。外行管内行，总得要学才行。我自告奋勇管科教方面的工作，中央也同意了。这两条战线怎么搞，请大家发表意见。

说到这里，邓小平指指方毅说，"这个工作方毅同我一起抓"，"说他帮我或者我撑他的腰都可以。我说些空话，放点儿空炮，助点儿威风"。

接着，他宣布，这个座谈会请方毅主持。

邓小平说，整个座谈会他不可能都到，自己有时间就到，没有时间就到不了，座谈纪要是肯定会看的。但最后与会的科学家和教授们都欣喜地发现，实际 5 天的会议，邓小平从头到尾，一次不落地出席了全部议程。

邓小平先燃起一支烟，用力吸了一口，亲切地与在座的专家学者们打招呼。

然后，他介绍了召开这个座谈会的目的，没有别的意思，只是想听听大家的意见。

邓小平说："我有一个想法，要实现四个现代化，就要从科学教育着手，所以中央、国务院讨论分工时，我自告奋勇管科学和教育。"

邓小平说了一句幽默的话："外行管内行，我这个外行管你们这些内行。"与会的科学家和教授们畅快地笑出了声，因为共同经历了风风雨雨，他们本来就对这位个子不高的老领导怀有特殊的好感，会场气氛顿时活跃起来。

邓小平做了这样一个开场白之后，方毅开始主持会议。

8月6日下午，武汉大学副教授查全性发言。他说应该改革高校招生制度，废除高校招生"自愿报名，群众推荐，领导批准，学校复审"的办法，恢复高考制度。这一建议获得其他与会者的强烈共鸣。

其实，在这次座谈会召开前夕，1977年的全国高等学校招生会已经开过，但是，招生办法依旧采用原来的办法。招生文件也在8月4日送到邓小平手中，但1977年还是按照老办法招生，当时几乎已成定局。

邓小平听完大家的发言，转身问教育部部长刘西尧说："今年高考招生还来不来得及改？"

刘西尧说："要是推迟招生日期，那还来得及。"

邓小平当即表示："既然今年还有时间，那就坚决改嘛！把原来写的招生报告收回来，根据大家的意见重写。"

这样，恢复高考的决策定下来了。

高考制度的恢复，影响了全国无数青年和整个教育界，也彻底改变了中国知识界的面貌。

在场的科学家没想到，自己大胆建议献策，如提高教学质量、改革招生制度，恢复高考，尊重知识、尊重人才，恢复知识分子名誉，保证时间搞科研，改变用非所学等建议，均得到了邓小平的当场拍板。

会议期间，邓小平还亲自询问著名生物学家童第周的情况，专门邀请他来参加会议。

8月8日上午，在这个座谈会结束时，邓小平做重要讲话，对科学、教育问题作出了系统论述。他提出，无论是从事科研工作的还是从事教育工作的，都是劳动者。

他特别强调，要把这个问题讲清楚，因为这个问题同调动知识分子的积极性有关。知识分子的问题不仅是科学界、教育界的问题，而且是整个国家的重大政策问题。

《科学院汇报提纲》的执笔人，这次科教座谈会纪录的整理者吴明瑜后来回忆说：

> 人们谈起这次座谈会多强调其在恢复高考中所起的作用。其实，会议的内容和意义远不止于此。

让许多与会者感到最温暖、永远津津乐道的是邓小平同志在会议上的当场拍板。

这个七嘴八舌的"情况收集会"，成为半年之后召开的全国科学大会思想的蓝本。

国家科学技术委员会（简称国家科委）原副主任吴明瑜评价这次座谈会时说：

如果说1978年的全国科学大会预示着科技春天的到来，那么这次会议就是春天前的惊雷。

科教座谈会是全国科学大会召开之前最重要的会议之一，它为全国科学大会的胜利召开，做了思想上的准备。

邓小平同志通过这次座谈会，让科学家们了解了中央关于社会主义建设、科技发展的最新决策。

# 裴丽生推动科协的恢复

1977 年 12 月，在北方重要城市的天津，中国金属学会等 5 个学会的学术讨论会相继召开。

中国科学院副院长裴丽生亲自参与组织了这几个学术讨论会。

中国科学技术协会（简称中国科协）是群众团体，是"科技工作者之家"。它的恢复，有助于整个科学界的恢复，有助于全国科学大会的胜利召开。从此，中国科技群众团体的历史掀开了新的一页。

在中共中央的领导关怀下，经过裴丽生等人的不断努力，在半年多的时间内，150 位科协的委员终于都有了下落。

那些还健在的科学家，在各省市、各部门党委领导的支持下，分别被落实了政策，恢复了工作或党籍。这些委员们感谢党，感谢科协，也感谢裴丽生同志为重建科协做了一件很得人心的工作。

科学家找到以后，当务之急是如何把学术活动办起来。科学家终生从事的是探索未知的科学大业，如果能够抓住学术活动这根链条，就把科协的组织恢复、政策落实等项工作带动起来了。

出于这个原因，裴丽生在把科协成员请回来以后，就以极大的精力投入到全国性学会的学术活动中去。

这几次学术讨论会是中国科学技术协会恢复后的第一个重大举动，是在科技工作者中影响巨大的一次盛会。当时，只要是接到通知的科学家，全部都到会了。

这些科学家们见面之后，激动得拥抱握手。大家坐在一起，仿佛有说不完的话。那种含着笑、流着泪的动人情景，用言辞是无法形容的。科学家们感谢科协做了一件好事，会议的学术探讨气氛也极好。

裴丽生对长期持有不同学术观点的老专家做了细致的工作，使持不同学术见解的专家们能够友好相处。

到1977年底，中国科协所属全国性学会有23个相继恢复了正常的学术活动。

裴丽生主持召开了全国科协系统的北戴河会议，并在为这次会议所作的总结中，推倒了把科协当作资产阶级知识分子的团体的错误定性和不确切定性，第一次系统明确地指出：

> 科协是科技工作者的群众团体，是党领导下的人民团体之一，是党团结和联系科技工作者的纽带，是党领导科学技术工作的助手。

这一表述在中央1979年97号文件中得到确认。

1978年1月，裴丽生与有关领导商量后，召开了各个学会的理事长会议，各学会理事长全部参加了这次会议。从此，全国性学会的学术活动全面恢复。

会议结束时，由新华社发表了各学会及理事长的名单，在当时，这表明落实政策。

1978 年，裴丽生在普遍促进全国性学会恢复的工作中，重点抓了 5 个大的学术讨论会。

1978 年，中央批准召开中国科协第二次全国代表大会。在裴丽生主持下，科协起草了向中央作的《关于召开中国科协第二次全国代表大会几个问题的请示报告》，将全国各地科协最关心的几个问题都写了进去。

中共中央在该报告的批复中，肯定了科协党组的意见，并指出：

> 科学技术协会是科学技术工作者的群众团体，是党领导下的人民团体之一。它是党团结和联系科技工作者的纽带，是党领导科学技术工作的助手。

中央第一次就科协的性质、地位、作用做了明确的界定。

1978 年，中国航空学会发起举办航空夏令营活动，因有关部门资金困难无力进行。裴丽生知道后，立即给国务院写报告，获得批准，又从空军和国家体委取得支持，成功举办了活动。

此后，科协又取得了航海、煤炭、地质等部门的配合，开展了此类专题的夏令营活动。

促进青少年学科学、爱科学，始终是科协业务中富有活力的部分。裴丽生为青少年科技活动倾注了大量的心血。

一位中央领导同志见到裴丽生，大力称赞科协发起青少年与科学家见面的活动搞得好，指出它对转变社会风气，促进青少年学科学起了很大作用。

在党的十一届三中全会精神以及率先开展学术活动的学会带动下，1979 年以后的学术活动更呈雨后春笋、蓬勃兴起之势，而且对国家经济建设提出了许多首创性的见解与倡议，受到有关领导部门的重视和采纳。

1979 年，中国科协的许多重要学术活动都是紧密围绕"四化"建设开展的。

在东北地区农业现代化学术讨论会、中国水利学会南水北调工程规划学术讨论会等活动中，都提出了许多重要建议。

上海市科学技术协会组织专家对宝山钢铁厂原料堆场的地基问题提出了重要建议。这些建议受到中央领导同志的高度重视，成为当代中国科技咨询事业的发端。裴丽生对此反应敏感，及时抓住不放。

在裴丽生的积极提倡下，中国科协及一些学会和一些省市科协都把科技咨询服务作为重要任务来抓，特别是以华罗庚教授为首的多学科专家，对安徽省皖西自然资源和两淮煤炭资源的综合开发利用进行了综合考察，提出了全面系统的开发建议。

中国科协把这次考察活动专题报告了国务院。国务院领导同志肯定了科技咨询服务工作的重要性，认为它是科技部门走向社会化的一种形式。

1980 年 9 月，中国科协成立了科技咨询服务部。当时，科技咨询的开展遇到两个问题：一个问题是中国科协能不能以经济办法来开展工作，如何收费？对参与咨询工作的科技人员是否给予适当报酬？在中国科协内，有截然不同的看法。另一个问题是，科协是个群众团体，不像科研院所、大专院校那样拥有大量科技人员和必要设备，如何开展工作？

裴丽生用一年多的实践经验回答了这两个问题。裴丽生指出：

> 科协系统开展科技咨询工作，除依靠少量的专职工作人员外，主要依靠它所属的全国性学会和省市学会等，通过多种形式发挥各单位科技人员的潜在力量。

裴丽生同时认为，科技咨询的着眼点是服务，收取一定的咨询费用是应该的。这不仅有利于咨询服务工作的开展，也符合社会主义按劳取酬的原则。

经过与财政部协商，科学技术协会与财政部共同制定了《科协系统及所属学术团体科技咨询服务收费的暂行规定》。

1980 年 3 月 15 日，中国科协第二次全国代表大会胜利召开。

中共中央总书记胡耀邦出席了会议。

邓小平接见了出席中国科协二大的全体代表，会议期间邓小平同志亲切会见了新当选的科协主席周培源。

这次会议对科协领导机构进行选举，裴丽生坚持了民主办会的原则，反对行政指令。他认真执行中央有关领导同志的指示，在人选问题上，不定条条框框，实行差额选举。

选举前，他广泛地与科学家沟通思想，做耐心细致的思想政治工作。主席、副主席候选人名单都是在大会过程中产生的，科协没有事先拟定名单。

虽然当时工作紧张，但对于选出的新领导成员，代表们基本满意，中央也基本满意。

裴丽生还建议在中国科协书记处书记候选人名单中增加沈其益、陶亨咸、王寿仁 3 位科学家书记。此议获得中央批准和二届全体委员的一致赞同。

在这次大会上，裴丽生以最高票数当选为中国科协第一副主席。

中国科协第二次全国代表大会是中国科技团体发展史上一次拨乱反正、继往开来的大会，是继全国科学大会后中国科技界的又一次盛会。

为全面恢复学术活动，并提高学会地位，由裴丽生提议，1981 年春节期间在人民大会堂安排了中国科协所属的各全国性学会的学术会议。此举大大提高了科技工作者办好学会的积极性和荣誉感。

1981 年 4 月，裴丽生积极促成召开了中国科协学术期刊编辑工作经验交流会。为了加强学术期刊的出版工作，他曾主张创办一个学术期刊出版社。

学会活动的重要组成部分是出版学术期刊。学术期刊是科学研究成果的载体，是取得发明发现世界首创权的主要凭证，是科学家一生呕心沥血的记录。

从 1980 年年底开始，裴丽生下大力气抓县科协、厂矿科协、公社科普协会、农村专业技术研究会和农业技术承包的工作。

裴丽生认为没有县科协，省科协的工作就无法落实；没有乡镇科普协会，县科协就没有广泛的基础。而且，他认为在中国这个特定历史条件下搞科协工作，不能走西方只搞若干个学会的路子。

1981 年 12 月，中国科协召开了公社科协和农业（包括多种经营）技术承包经验交流会议。在会上，裴丽生作了《大力开展群众化社会化的科普活动，把科学技术及时送到八亿农民手里》的报告。

裴丽生首先分析了技术承包产生的时代背景，总结了技术承包的内容、形式、科协系统组织此项活动的方式，以及技术承包的作用和效果，并抓住了此中的要害，即技术要不要商品化的问题。

裴丽生指出：

> 在我国现时条件下，商品生产和商品交换，是农民唯一可以接受的与城市进行经济联系的形式。过去那种"国家拿钱，农民种田"，没有经济技术责任制的方式，是农民难以接受的。

> 科技普及，有需要代价的方式，也有不要代价的方式，不能事事伸手要钱。除技术承包外，其他方式也不可忽视。

在这个报告中，他还阐述了科协如何帮助农民发展多种经营，增加经济收入；加快建设群众化的科学技术普及网，大力支持农民组织的各种专业技术研究会；重视农村集镇的地位和发挥农村专业户、科技户的作用；既重视组织科技人员的专业队伍，也大力组织农村的"土专家""田秀才"队伍等。

1982 年，农民自发成立起各种各样的专业技术研究会，出现了"冬瓜大王""番茄大王"等一大批"土专家""种田秀才"。

裴丽生对农村出现的这些新事物非常兴奋，他认为，这是农村改革合乎逻辑的发展，我们应该双手欢迎。比如，中国科协和四川科协抓住四川省新津县农业技术员邱维华技术承包这个新生事物，通过推广，技术承包便在科协系统蓬蓬勃勃地开展起来。

到 1983 年，全国 70% 以上的县恢复建立了科协组织。裴丽生还多次请求国家在财力和物力上予以支持。在中央有关部门的关心下，由面包车改装成的"科普车"被分发到部分县市科协。这些备有电影、广播、展览等科普手段的专用车，便利了科技人员携带科普资料下乡开展科普工作。

从 1980 年至 1982 年，裴丽生集中主要精力推动各省、市、自治区科协代表大会的召开。他先后参加了 10 个省市的科协代表大会。在大会致辞中，他宣传科协的性质、地位、作用，表彰各省市科协的工作成就和当地科学家的杰出见解与感人事迹，还对各省市党政领导重视科技工作、关怀科技工作者，为科技群众团体的活动创造条件的举动表示赞誉和感谢。

裴丽生饱含深情地肯定了科协系统的广大干部在极其困难的条件下，为创造生气蓬勃的新局面作出的贡献，极大地鼓舞了广大科学家和科协干部。

从科学院到中国科协，从行政岗位到群众团体，有一个转变过程。裴丽生很快适应了这个变化。他主持科协工作后，十分强调依靠科学家办会，为科技工作者服务。

裴丽生非常尊重科学家。在周培源当选中国科协主席后，裴丽生经常上门向周老请示汇报工作，倾听周老的指示和意见。

为了多听听科学家对某项工作的看法和意见，而又不影响他们的科学研究，裴丽生常常利用节假日或晚上的时间登门拜访。

有时科学家之间对某个问题产生意见分歧，如某学会该不该加入科协，某件工作该不该由科协来做等，裴丽生总是耐心听取和尊重各方意见，采取讨论办法，让科学家自己决定。

每到一地，他都与当地科学家见面、座谈，听取科学家的意见与呼声，据此改进工作，或向党政领导反映。

科协组织恢复时，正是十一届三中全会前后。裴丽生接到反映历史遗留问题的信件时，都立即批示有关职能部门同当地党政部门联系，一件一件地加以落实，有的还直接反映给省市党政领导。如著名柑橘专家曾勉的政策落实问题，他连续抓了几年才见到成效。

中青年科学家是科技队伍的中坚，工作担子很重，家庭负担也很重。20世纪80年代初期，中青年科学家早逝和患病现象屡屡发生。

裴丽生多次主持会议，讨论保护中青年科学家问题，并向社会呼吁，向组织部门反映。对年老多病的科学家，他常常挤出时间，登门拜访。

有一年夏天，高龄的裴丽生到上海考察工作时，冒着酷暑，到华东医院探望著名生物化学家曹天钦，又及时向上海有关方面反映曹先生的要求。

围绕将科协办成"科技工作者之家"这个宗旨，裴丽生还组织职能部门为科技工作者工作条件和生活条件的改善而呼吁；对杨联康等有突出贡献的科学家及时开大会予以表彰，并开展向他们学习的活动；开展科技人员的继续教育，为在职科技工作者学习新兴学科领域的知识创造条件；在学会领导班子的选举中增加中青年成分，推荐和培养新一代学科带头人；向党政领导岗位推荐有组织能力的科学家；推广重庆离退休科技工作者协会的经验，为离退休科技工作者发挥余热创造条件。

1983 年，中国科协成立科技咨询服务中心，裴丽生、华罗庚为总顾问，由 20 多位各有关方面的专家组成的中心委员会进行领导。科协系统的咨询服务工作此后就地开展起来。

1984 年初，国际上正在兴起新技术革命热潮。裴丽生感到对干部进行新技术革命知识教育，是关系到我国能否追踪世界先进技术，站到新的产业革命前列的极为重要的事情。

为此，他请中国科协的有关部门迅速与中共中央组织部、劳动人事部、国家科委、中央直属机关党委、中央国家机关党委联系，及时举办了 20 次《新技术革命知识讲座》，聘请全国知名学者专家钱学森、马洪、宦乡等21 人讲课，听课的都是中央、国家机关司局级以上领导干部。事后编成集子出版，发行 30 万册，在全国有较大影响。

裴丽生非常重视对科协系统的干部培训工作、科协自身的理论研究和科协活动规律的探讨。他积极促成科协干部培训班的建立，分期分批轮训干部，讲授科学技术发展史、自然辩证法、科学管理和科技群众团体概论。这个培训班有效地提高了科协干部的科学素质。

裴丽生在国家科委第二期科技管理研究班和中国科协第三期科技管理干部学习班上，进行了《关于科学技术群众团体及其活动的初步探讨》《科协的工作任务与自身建设》两次讲课。

这是中国科协系统就科技群众团体的发展历史及其活动规律的首次系统探讨，对于科协干部熟悉业务、掌握规律、提高自觉性发挥了积极的作用。

# 广泛宣传迎接科学大会

1977 年 8 月 29 日，全国科学大会筹备工作办公室发布《关于迎接全国科学大会的宣传要点》。

该文件的主要内容是：

1. 要大张旗鼓地宣传科学实验革命运动的伟大意义。

2. 要大造向科学技术现代化进军的声势。

3. 要宣传深入揭批"四人帮"。

4. 要宣传在抓纲治国战略决策指引下，科学兴旺发达、捷报频传的新形势。

5. 要表扬先进，特别要表扬有发明创造的科技工作者和工农兵群众。

6. 要大力宣传和普及科学知识。

在政策的号召下，全国各级宣传、文化、出版部门立即行动起来。文化部发出通知，要求有关单位摄制、创作出更好的、以科技工作为内容的电影、戏剧、音乐、舞蹈、美术作品，为科研工作大干快上，为召开全国科学大会大造舆论。

1978 年 1 月，徐迟的报告文学《哥德巴赫猜想》在

《人民文学》第一期发表，不久，这篇作品犹如热流一样流遍了全国。这篇以知识分子为主人公的作品，为中国科学大会的召开做了最好的思想舆论准备。

徐迟的报告文学《哥德巴赫猜想》在写作的时候，是经历了一番周折的。当时，党中央和邓小平同志花了很大气力拨乱反正，正确评价知识分子的地位和重要作用。在全国科学大会即将召开之际，动员和鼓舞科学家投入到四个现代化的建设中来，成了当时重要热点之一。

科学的春天即将到来，在政策的号召下，《人民文学》编辑部的同志们希望能在此时组织一篇反映科学领域的报告文学，借此推动思想解放的大潮，为全国科学大会的胜利召开出一份力。但"写谁"，"由谁来写"大家一时没有主意。

当时，社会上流传着一个故事，说有个外国代表团来华访问，提出要见中国的大数学家陈景润教授。陈景润是何许人也？当时编辑部的人并不了解，甚至都不知道他在哪里工作。

经过努力，编辑部的同志终于了解到这位数学家在中国科学院数学所工作。

编辑部的同志们商议之后一致认为，就写陈景润，当时中国科学院院长方毅也很支持这件事情。至于作者，大家都不约而同地想到了著名作家徐迟。

徐迟虽然是一位诗人，但写过不少通讯特写，特别是他比较熟悉知识分子，估计能写得很好。几天后，徐迟风尘仆仆地从扬子江边赶到了《人民文学》编辑部。

在一个艳阳高照的秋日里，徐迟和编辑部的周明到了北京西郊中关村的中科院数学研究所。

中科院数学研究所党支部书记李尚杰接待了他们。李尚杰是一位深受科学家爱戴的转业军人干部，陈景润对他更是百倍信赖，什么心里话都对他述说。李尚杰对陈景润也是倍加爱护和支持。

李尚杰认真地向徐迟他们讲述了陈景润钻研科学的故事。后来，陈景润也来了。他个头儿不高，面颊红扑扑的，身着一套旧蓝制服，是一个十分朴素的人。

李尚杰向陈景润说明来者的身份和来意后，周明又特意向陈景润介绍说："我们特约徐迟同志来采访你如何攻克'哥德巴赫猜想'难关，登攀科学高峰事迹的报告文学，准备在《人民文学》上发表。"

陈景润紧紧握住徐迟的手说："徐迟，噢，诗人，我中学时读过你的诗。哎呀，徐老，你可别写我，我没有什么好写的。你写写工农兵吧！写写老前辈科学家吧！"

徐迟笑了，对陈景润说："我来看看你，不是写你，我是来写科学界的，来写四个现代化的，你放心好了。"

陈景润笑了，天真地说："那好，那好，我一定给你提供材料……"

当晚，周明向《人民文学》主编张光年做了汇报。听过周明的汇报后，张光年感觉不错，当场拍板，促成了《哥德巴赫猜想》的问世。

为了写好这篇报告文学，徐迟进行了深入采访和大量调查研究。他经过艰苦的梳理、思索和提炼，反复斟酌，几番修改，终于完成了这篇报告文学。《人民文学》以醒目的标题，在头条位置把《哥德巴赫猜想》发表了。

《哥德巴赫猜想》一经问世，立即引起了极其热烈的反响。各地报纸、广播电台纷纷全文转载和连续广播。包括党政军领导干部在内的全国各界读者，喜欢文学的和平时不太关心文学的人，都把文章找来一遍又一遍阅读，有的人甚至能够背诵出来。

一时间，《哥德巴赫猜想》飞扬"神州大地"，陈景润几乎家喻户晓，天天都有大量读者来信"飞往"中科院数学研究所。同样，由于《人民日报》《光明日报》的宣传扩大了《哥德巴赫猜想》的影响，徐迟也每天收到大量来自全国各地的读者来信。

徐迟后来曾说：

> 应《人民文学》的召唤，写了一篇《哥德巴赫猜想》，这时我似乎已从长久以来的冬蛰中苏醒过来。

这篇作品让知识分子成了报告文学的主角，生动地描绘了数学家陈景润的传奇经历，呼唤对科学和科学家的尊重。

《哥德巴赫猜想》成为中国当代文学史上的经典之

作。陈景润勇攀科学高峰的形象，成为全国人民学习的楷模。

中共中央宣传部通过各种不同的形式为全国科学大会的召开制造舆论，全国的科学家也积极响应科学大会的召开。

邓小平同志更是通过一系列谈话，为全国科学大会的召开奠定了思想基础。

在当时所营造的氛围中，人们对科学大会的早日召开充满了企盼。

# 二、★大会召开

● 叶剑英为全国科学大会写了五绝诗："攻城不怕坚，攻书莫畏难。科学有险阻，苦战能过关。"

● 郭沫若在科学大会闭幕式上说："这是革命的春天，这是人民的春天，这是科学的春天！让我们张开双臂，热烈地拥抱这个春天吧！"

# 开始筹备全国科学大会

1977 年 6 月 6 日，全国科学大会筹备工作领导小组成立，由方毅、李昌、武衡、张爱萍等 16 人组成。

领导小组成立后，主要做了以下工作：起草会议的主要文件；编印《简报》；审定 100 多份典型材料；评选先进集体 814 个，先进科学技术工作者 1158 人，优秀成果 7000 多项；筹办了民用口和国防口两个科研成果展览会；还安排了接待、保卫、组织和会务方面的工作。

1977 年 8 月 29 日，全国科学大会筹备工作办公室发布了《关于迎接全国科学大会的宣传要点》。

1977 年 8 月，中共中央十一大在北京召开。这次大会正式宣布：

中央决定，在适当的时候召开全国科学大会。

1977 年 9 月 5 日至 9 月 15 日，在北京前门饭店，全国科学大会预备会议召开。

会议讨论了代中央草拟的《关于召开全国科学大会的通知》，研究了大会代表名额分配、典型材料、评选办法、规划工作、成果展览等各项筹备工作。会上还印发了叶剑英副主席为科学大会写的五绝诗《攻关》：

攻城不怕坚，攻书莫畏难。

科学有险阻，苦战能过关。

大会召开两天前，聂荣臻赋诗《攀高峰争朝夕》祝贺：

华旸出谷天下明，阴霾一扫九州通。

昂首赶超新距差，顿足狠批四帮凶。

廿余沧桑足堪训，奋起攻关新长征。

且喜《沁园春》意好，今朝更待《满江红》。

大会召开后，叶剑英抑制不住内心的激动之情，又泼墨挥毫写下一首新词《祝科学大会——调寄忆秦娥》：

追科学，西方世界鞭先着。

鞭先着，宏观在宇，微观在握。

神州九亿争飞跃，卫星电逝吴刚愕。

吴刚愕，九天月揽，五洋鳖捉。

这首词概括了世界科学发展的现状以及我国科学的发展同西方世界的差距，为发展我国的科学事业，为赶超世界先进水平指出了主攻方向，并指出，我们正在做前人从未做过的极其光荣伟大的事业。我们的事业一定要胜利，一定能胜利。

9月18日，中央政治局会议审议通过了《关于召开全国科学大会的通知》。

在同一天，中共中央作出《关于成立国家科学技术委员会的决定》。方毅被任命为国家科学技术委员会主任。全国科学大会的筹备工作更加紧锣密鼓地开展起来。

1977年9月19日，邓小平和方毅与教育部主要负责人刘西尧等座谈了教育战线的拨乱反正问题。邓小平凭其智慧和勇气，为全国科学大会的顺利召开做了思想上的准备。

9月21日，中国科学院在北京首都体育馆召开万人大会传达《关于召开全国科学大会的通知》和全国科学大会预备会议的精神。

9月23日，《关于召开全国科学大会的通知》（以下简称《通知》）在电台、报纸全文广播和刊登公布，直接同全国人民见面。这篇长达12页的文件指出：

中央决定，1978年春，在北京召开全国科学大会。全国科学大会的任务是，高举毛泽东思想的伟大旗帜，贯彻执行党的第十一次全国代表大会的路线，深入揭批王洪文、张春桥、江青、姚文元"四人帮"，交流经验，制订规划，表扬先进，特别要表扬有发明创造的科学技术工作者和工农兵群众，动员全党全军全国各族人民和全体科学技术工作者，向科学技术现代化进军。

《通知》同时指出，

四个现代化的关键是科学技术现代化，能不能把科学技术搞上去，是关系到我们国家命运和前途的大问题。

《通知》深入批判了"四人帮"在科技战线的倒行逆施，阐述了新时期我国科技事业的路线方针和政策，包括建设又红又专的科技队伍，落实知识分子政策，贯彻执行"百家争鸣"的方针，制订科技规划，坚持学习和独创相结合等。

《通知》同时肯定了建国 20 多年来科学工作的路线、方针和科技人员的努力，提出要恢复研究生制度，恢复职称制度等。

《通知》还明确指出：

要抓紧落实党的知识分子政策，应当恢复技术职称，建立考核制度，保证科学研究人员每周至少必须有六分之五的业务工作时间。

早在科教座谈会期间，就有人提出要保证六分之五的科研时间。邓小平当时插话说，前边要加上"至少"两个字。这一点不仅写进了召开科学大会的通知，也写进了科学大会开幕式的讲话中。

中国科学院物理研究所刚开始提出"六分之五"时，有的觉得办不到，有的心有余悸，生怕弄不好要"挨棍子"，还有个别人想不通。后来党委意识到，保证"六分之五"，绝不是一个时间安排的一般性技术问题，而是要不要开展科学实验、高速度发展科技事业，在 20 世纪内实现四个现代化的问题。

这个文件下发以后，在很多地方特别是知识分子荟萃的地方，知识分子的积极性被充分调动起来。

在科学大会的筹备过程中，各省、市、自治区，各部门都把筹备工作作为落实党的知识分子政策，调动广大科技人员的积极性和积极开展科研工作的契机。

各地区、各部门积极推选大会代表和特邀代表；推荐先进典型和优秀科技成果；分别制订科学技术发展规划；整顿和充实科研单位的领导班子，建立和健全党委领导下的所长分工负责制；落实党的知识分子政策，恢复技术职称，提拔了一批专家学者。

安徽省委对 5000 多名用非所学的科技人员进行合理调整，努力做到人尽其才，各得其所；上海、广东等地都召开了科学大会，表彰科学技术先进单位和先进工作者，科技战线出现了新面貌。

许多省、市、自治区召开了不同规模的科技工作会议或科技人员座谈会，表扬在科研工作中作出贡献的科技人员，鼓励他们努力钻研业务，走又红又专的道路。

制订全国科学技术发展规划也是全国科学大会的重要任务之一。自中央发出召开大会的《通知》后，相继召开了全国自然科学学科规划会议和全国科学技术规划会议，制订了《1978 年—1985 年全国科学技术发展规划纲要（草案）》。

自《通知》发布以来，各地出现了向科技部门写信、提建议、献成果、荐人才的热潮，仅中科院每天就收到来信二三百封。

这一系列举措很快扭转了科研工作长期停顿的局面，使科技界在拨乱反正中起到了带头作用，为全国科学大会的召开做好了充分准备。

# 筹备组起草科学大会讲话稿

随着全国科学大会进入筹备阶段，方毅同志负责筹备工作。当时刚上任的中国科学院副秘书长童大林负责大会的文件起草工作，中科院政策研究室主任吴明瑜则负责起草组的日常工作。

因任务繁重，时间紧迫，大会筹备组需要从中央各部门借调大批干部帮忙。曾做过中宣部秘书长的童大林对胡平有所了解，知道他文笔不错，就推荐胡平参加文件起草的工作。

文件起草组的主要任务，是代中央领导人华国锋、邓小平起草在大会上的讲话以及起草方毅的工作报告，同时进行调研，搜集资料，写成简报，供领导和大会代表参考。

需要起草的几个文件中，最重要的是华国锋和邓小平的稿子，因为政策声明都在这两个稿子里，由吴明瑜和林自新负责起草。当时，吴明瑜是国家科委政策研究室主任，林自新是国家科委政策研究室副主任。

吴明瑜、林自新两个人都曾多次听过邓小平的谈话，对邓小平的思想比较熟悉。他们从邓小平作为科学教育主管领导人的角度出发，在写作中吸收了邓小平同志当时的一系列讲话精神。

邓小平在 1977 年对科学、教育问题作了一系列精彩论述。邓小平曾鲜明地提出：

> 无论是从事科研工作的，还是从事教育工作的，都是劳动者。

邓小平特别强调，

> 要把这个问题讲清楚，因为这个问题同调动知识分子的积极性有关。知识分子问题不仅是科学界、教育界的问题，而且是整个国家的重大政策问题。

吴明瑜两人为此还专门查阅了"马恩全集"中有关知识分子的论述，为知识分子"是工人阶级自己的一部分"寻找充分的理论依据。

吴明瑜和林自新商量之后，决定征求一下胡耀邦的意见。当时胡耀邦同志在中央党校工作，但非常关心科学工作。胡耀邦建议华国锋的讲话讲一讲科教兴国或者科教建国。胡耀邦说：

> 旧社会有很多企业家、科学家、教育家提出了工业救国、实业救国、科学救国、教育救国，都不成功，为什么？因为政治没有改变，

政权还在反动分子手上，它根本不会去推动科学工作的发展，更不可能来搞教育兴国。现在有条件了，我们应该提出一个新的口号，叫科教兴国或者科教建国。

胡耀邦的这个设想与邓小平当时讲话的精神是一致的。

当时，邓小平明确指出，我们国家要赶上世界先进水平，要从科学和教育着手。就是说要科教兴国，要搞四个现代化，突破口就是科学技术，而科学技术的基础在于教育，要培养人才。他们高兴地接受了胡耀邦同志的建议，把两个稿子拟好了。

讲话稿写好后，先送方毅听取意见，又请胡乔木帮助修改。改定后，两个稿子同时送上去。

邓小平看后认为，科委起草的讲话稿写得很好，文字也很流畅，多半都是他讲过的话。

邓小平的讲话稿一共有三个部分：

第一部分有两个主要论点：科学技术是生产力；知识分子"是工人阶级自己的一部分"。关于"科学技术是生产力"，引用了马克思的话"生产力中也包括科学"，并作了进一步的分析和阐述。

第二部分讲科技队伍建设。

第三部分是科技工作的一些实质性的措施内容，包括党如何领导科学技术工作，科学工作中如何配备干部，如何选拔人才，学术上坚持"百家争鸣"方针等具体内容。

邓小平对"科学技术是生产力"这句话非常喜爱。

1989 年他会见外宾的时候又说了一段话，他说：

过去说，马克思认为科学技术是生产力，现在看来不够了，科学技术是第一生产力。

邓小平讲"第一"这两个字不仅仅是个序列问题，他讲的是"第一重要"，是最重要的生产力，因为科技推动了其他的生产力。

讲话稿体现了邓小平的改革思想和多次讲话的精神，他只调整了个别段落和字句，并很快给了回音。

不久，邓小平的这份讲话稿又被送到中央审阅。

1978 年 2 月底，邓小平找胡乔木、邓力群和于光远商谈讲话稿的修改问题。邓小平说，我还有一些话想讲一讲。我想讲四个问题：第一个是关于科学技术是生产力，这是马克思的观点，马克思的书里写过了；第二个是关于"又红又专"；第三个是关于科学技术队伍；第四个是关于党委领导下的所长负责制。

在邓小平谈话以后，邓小平在科学大会开幕式上的讲话稿由胡乔木负责修改。

胡乔木按照邓小平的要求，概括了邓小平 1975 年和 1977 年以来对科学技术的一系列论述，强调了科学技术的重要作用，阐述了社会主义科学技术事业的一系列方针政策。

大会开幕的前一天，宣传口的一位负责人打电话来，又提了两条意见：第一条意见，建议修改一个标点符号；第二条意见，关于知识分子"是工人阶级自己的一部分"，建议修改成"我们已经有了一支工人阶级的又红又专的知识分子队伍"。

这个意见与邓小平同志讲稿里的意思有着根本的区别。因为知识分子"是工人阶级自己的一部分"这是一个全称，是指知识分子的整体队伍；而说"有了一支"，是多大的比例呢？

吴明瑜等与方毅同志讨论时明确提出了这个看法，方毅同志立即向邓小平汇报。

邓小平说："第一条意见接受，标点符号你们改一改；第二条意见不改，维持原样。"

邓小平的讲话极大地鼓舞了科学家们献身祖国的热情。

3月25日，会议组织者在碰头商议时，提出进一步完善大会闭幕式的构想，就是在闭幕式上再请一个人来讲话，目的是掀起一个新的高潮，来与邓小平在开幕式上的讲话相呼应。

大家自然想到了中国科学院院长郭沫若。郭沫若时任中国科学院院长，又是全国人大常委会副委员长，同时又是诗人，在国外也享有很高的声誉和威望，这个身份来讲话再合适不过了。

但问题是作这个决定时离大会开幕只有几天时间了，郭沫若仍卧病在床。会议开幕式时，他就是从医院直接来到主席台就座的，而且不能久坐。由他亲笔写讲话稿已经不可能，所以会议组织者请文件起草组为郭沫若院长起草一篇讲话稿，给大家再鼓鼓劲儿，把拨乱反正、思想解放推向高潮。

这时，胡平提议请作家徐迟来写这篇讲话稿。徐迟刚刚发表了报告文学《哥德巴赫猜想》，对科技界很有感情，同时他本身是诗人，能很好地把握郭沫若的思想。这个建议获得了大家的一致赞同。

当天下午，胡平来到徐迟的住地友谊宾馆，见到徐迟，说明来意，徐迟答应胡平第二天来取。

第二天，胡平如约来到徐迟的住地，取到了稿子。

回去的路上，胡平仔细地看了徐迟的文章，越看越觉得不对。徐迟的文章浪漫而松散，作为一个诗人对科学大会的感想发表在报纸上是可以的，但是，作为大会闭幕式上的正式结束语就不太合适了。

回到会务组，胡平把文章交给领导，大家都觉得不能用。怎么办？再找人写已经没有时间了。

负责人童大林说："不考虑在外面找人了，就在我们内部找吧。"

主管文件起草的吴明瑜推荐胡平："老胡，你来写。"大家都表示同意。

胡平接受了任务，同时提出一个要求，回家闭门写。领导同意了。

临走前，胡平还征求了吴明瑜的意见，问他这篇稿子应该写些什么。

吴明瑜建议他谈谈科学与幻想的关系，因为幻想会激发科学家灵感，在这方面可以发挥一下。

胡平夹着一个旧书包，离开了筹备组所在地的京西宾馆，坐上公共汽车回家。从京西宾馆回家的路上，胡平紧闭双眼，苦苦思索。会议的精神已经领悟了，科技界的一些情况他也比较熟悉了，但是，文章应从哪里下笔呢？

沉思中的胡平无意间睁开眼睛，向车窗外望了一眼。这时已将近四月，路边一片新绿，到处开满了鲜花，春天到了。

大半年来，胡平吃住在宾馆，整天泡在文山会海里，完全没有注意到外面节气变化。这时，忽然看到这一片绿色，就像春天一下子走到了面前，胡平的灵感迸发了。

胡平想：

科技界，科学家得到了解放，科学规划也开始了，这不是科学的春天吗？春天就是转折，就是突破。那么，这次科学大会正是科学的春天到来的标志。我就抓住这个突破，这个转折。

胡平赶紧掏出笔记本，写下了《科学的春天》这个题目，接着匆匆忙忙写下了当时的各种想法，生怕回家时就忘记了。

回到家里，胡平把自己关在小屋里开始埋头写作。

首先，胡平站在郭沫若的角度进行了一番思考。他认为，郭老有三种身份，既是国务活动家，又是科学家，还是一位著名诗人，所以他的讲话应该体现出这三方面的特征。胡平从这个角度出发，论述了社会主义与科学的关系。

接下来，胡平又从自己的思路出发，谈了人才的问题。我国的社会主义建设急需要大批勇于探索、勇于创新的人才，包括思想、理论、文化、科技各方面的人才。

然后，胡平又写了科学工作者所应具有的态度。这就是实事求是，来不得半点儿虚假。但同时，科学又需要幻想，需要不断创新。

于是胡平写道：

> 科学工作者同志们，请你们不要把幻想让诗人独占了。嫦娥奔月，龙宫探宝，《封神演义》上的许多神话，通过科学，今天大都变成了现实……既异想天开，又实事求是，这是科学工作者特有的风格，让我们在无穷的宇宙长河中去探索无穷的真理吧。

最后，胡平从郭沫若的角度对老中青三代科学工作者提出要求。

在最后，胡平又用诗一样的语言作了结尾：

春分刚刚过去，清明即将到来。"日出江花红胜火，春来江水绿如蓝。"这是革命的春天，这是人民的春天，这是科学的春天。让我们张开双臂，热烈地拥抱这个春天吧！

等全部写完，天已经快亮了。胡平又修改了几个地方，重新抄了一遍，就往京西宾馆赶去。

来到宾馆，胡平首先找到文件组的几个同志，把稿子给他们看，让他们提意见。

大家看后一致说："老胡，很好，很有新意，符合上面的要求。"

来自农业部的大秀才贺修寅说："老胡，有的地方扯远了，得改一下。'甘罗十二拜上卿'可以删掉，我们的少先队员不要去拜什么上卿。"

胡平认为非常有道理，就把这句话删掉了。

稿子交上去后，领导小组作了仔细审阅，最后童大林、吴明瑜都认为这个稿子还不错，决定采用。

最后吴明瑜又动手，对个别词句做了润色和修改。

文章立刻被打印出清样，送到郭沫若手里。

郭沫若躺在病床上，边看边点头。最后，他要了一支笔，在一个地方加了几个字，然后，用颤抖的手，郑重地签上三个字：郭沫若。

后来，这篇书面讲稿收入了教科书，成为中国科学发展史上耳熟能详的名篇力作。

"科学的春天"也由此成为许多老一辈科研人员最温暖的记忆，成为新中国科技发展史上最具有转折意义的标志性符号。

# 隆重召开全国科学大会

1978 年 3 月 18 日，正是万物复苏的时节。在首都北京人民大会堂，中共中央、国务院召开的全国科学大会隆重举行。

人民大会堂主席台上悬挂着毛泽东和华国锋的彩色画像，画像两侧是迎风飘扬的 10 面红旗。两条红色巨幅标语横贯大会会场，一幅是：

高举毛主席的伟大旗帜，为在本世纪内把我国建设成为社会主义的现代化强国而奋斗！

另一幅是：

树雄心，立壮志，向科学技术现代化进军！

主席台上还悬挂着郭沫若为大会题写的"全国科学大会"的横幅。华国锋、邓小平等与 5000 多名科技界代表参加了这次盛会。

当华国锋、叶剑英、邓小平等笑容满面地登上主席台，并在前排就座时，全场欢腾起来，热烈的掌声经久不息。

在主席台前排就座的还有郭沫若、韦国清、乌兰夫、方毅、苏振华、余秋里、张廷发、陈锡联、耿飚、聂荣臻、倪志福、徐向前、陈慕华、赛福鼎、王震、谷牧、康世恩，以及中央军委负责人粟裕、罗瑞卿等。

出席大会前，郭沫若还在住院，病情很严重，行动很困难，医生不同意他出席大会。郭沫若说，这样的大会他不能不参加。医生只得为他做好一切准备，同意他赴会，但时间不能长。

后来，郭沫若坐着轮椅被人推上了主席台。但当时郭沫若的病情实在严重，所以大会开了不到一半，他就被几个人连人带轮椅一起抬下主席台，送回了医院。

在主席台就座的除了各部委、解放军各总部和国防科委的负责人、大会领导小组成员、各代表团团长之外，还有老中青科学家：马大猷、王大珩、王淦昌、叶笃正、朱光亚、华罗庚、严济慈、苏步青、吴征镒、汪德昭、张光斗、陈景润、茅以升、林巧稚、侯祥麟、钱三强、钱学森、高士其、黄昆、童第周……

许多已入古稀或耄耋之年的老科学家彼此握着手，老泪纵横。吴征镒、吴征铠、吴征鑑一家出了3个院士，这次会上，重新相见，无限感慨。

出席大会的包括台湾地区在内的30个省、市、自治区，中直和国家机关，以及解放军和国防工业部门，共32个代表团。参加这次空前盛会的代表中，有820个先进集体代表和1189个先进个人。其中，年纪最轻的只有

22 岁，80 岁以上的有 31 人，年纪最大的 90 岁。

这位 90 岁高龄的科学家是我国地质学界的老前辈何杰教授。他早年创建了北京大学地质系，后来又在 9 所大学连续任教几十年。他曾和著名的地质学家李四光一起，培养了许多地质科学工作者，桃李满天下。参加大会的地质工作者有 12 位是何杰的学生。

成都地质学院 59 岁的罗蛰潭教授，在会上一看到自己的老师何杰，马上伸出双手，扶着老师走进了休息室。何杰说："别看我老了，我还没有退休，还要为地质工作作贡献，不久前我还为国家写了一份发展我国矿业科研的意见书。我希望能亲眼看到 2000 年祖国的四个现代化。"

15 时，大会开幕。在开幕式讲话中，邓小平操着他那口浓重的四川口音，作了重要讲话。首先他提纲挈领地指出：

四个现代化，关键是科学技术的现代化。

接着，邓小平谈到对科学技术是生产力的认识问题。他说：

科学技术是生产力，这是马克思主义历来的观点。

现代科学技术的发展，使科学与生产的关

系越来越密切了。科学技术作为生产力，越来越显示出巨大的作用。

讲话赢得了热烈的掌声。起草组的林自新后来说：

粉碎"四人帮"后，中国经济到了崩溃的边缘，这是大家的共识。但是科教领域落后的严重性是邓小平讲话后才明确提出的。这个讲话就是针对和回应了当时政治界和社会热烈争论的问题。

邓小平关于"知识分子是工人阶级的一部分"的提法是一个划时代的突破。

文件起草时有人就反对，应该改成继续坚持"对知识分子团结、教育、改造"的提法。邓小平还是坚持了原稿。

起草组的吴明瑜说，早在1975年邓小平就说了"科技工作者是劳动者"，在科教座谈会也强调了这一点，这是他一贯的观点。

邓小平在讲话中指出，

我们向科学技术现代化进军，要有一支浩浩荡荡的工人阶级的"又红又专"的科学技术大军，要有一大批世界第一流的科学家、工程

技术专家，要打破常规去发现、选拔和培养杰
出人才。

高能物理学家张文裕是著名科学家杨振宁的老师。
他听了邓小平的讲话，频频点头。大会间休息时，休息
厅里一片欢乐，大家仿佛有说不完的话。

71 岁的著名科学家王淦昌说得好，"四人帮"时期我
们有压力，那是令人窒息的政治压力；现在也有压力，
但这是鼓舞人心的革命压力，这种压力将产生巨大的推
动力量。

邓小平在科学大会讲话的第三部分中，着重阐明了
科学技术部门的各个研究所如何实现党委领导下的所长
负责制。他以党中央副主席的身份向科学家们诚恳地
表白：

我愿意当大家的后勤部长，愿意同各级党
委的领导同志一起，做好这方面的工作。

讲到这里，会场上暴风雨般的掌声打断了邓小平的
讲话。邓小平这句话说到了科学家们的心坎里，也给了
各级科技单位和部门党委领导人一个最准确的定位和
示范。

邓小平说，能不能把我国的科学技术尽快地搞上去，
关键在于我们党是不是善于领导科学技术工作。他说：

为了适应我国社会主义革命和社会主义建设的新的发展时期的需要，我们党的工作重点、工作作风也都应当有相应的转变。

邓小平指的转变是针对当时科研单位用非所学，外行领导内行的现象提出的。早在科教座谈会上，邓小平就明确主张科研院所应该配备"三套马车"：一个党委书记，热心科学和教育，多半是外行，当然找内行更好；一个研究所所长，能组织领导科研工作是管业务的，这应当是内行；再一个是管后勤的，即后勤部长。当时，邓小平就提出由自己来当后勤部长。

说起邓小平当后勤部长，还有一段故事。

1975年，邓小平在听取《科学院工作汇报提纲》时，得知我国著名半导体物理学和固体物理学专家黄昆从北大物理系发配到电子仪器厂一边教学一边在半导体车间劳动。

邓小平当时很生气，严厉指出："这种用非所学的人是大量的……他是全国知名的人，就这么个遭遇。为什么不叫他搞本行？他可以调到半导体所当所长。"

年近花甲的黄昆调到半导体所后，科学院又配备了所党委书记和管后勤的副所长，组成了"三架马车"。

邓小平的谈话澄清了长期束缚科学技术发展的重大理论是非问题，经邓小平讲话和改革开放的推进后，"科学技术是生产力""知识分子是工人阶级的一部分"逐步成为人们的共识。

对于邓小平的讲话，科学家们的反应非常热烈。南京天文台的台长张钰哲已经 70 多岁了，听了邓小平同志的讲话，老泪纵横。过去被当作异端的知识分子，现在成为领导阶级的一部分，终于成为自己人了，张钰哲怎能不激动。

农科院院长金善宝激动地说："我今年 82 岁了，但此时此刻，我心中充满了青春的活力，在新长征的道路上，我要把 82 岁当成 28 岁来过。"

上海生物所所长冯德培说："听了小平同志的讲话以后，过去很多争论都解决了，这样大家都可以放手放心干事情了。"

聂荣臻和邓小平都接见了陈景润，当时还照了一张很有名的合影，影响很大。

3 月 24 日下午，华国锋作了题为《提高整个中华民族的科学文化水平》的讲话，指出：提高全民族的科学文化水平是亿万人民的切身事业，号召全国人民向科学技术现代化进军。

方毅也在大会上作了报告。方毅的报告分三个部分：我国社会主义科学技术事业发展的新阶段；树雄心、立壮志，向科学技术现代化进军；全党动员，大办科学。

方毅说，党的第十一次全国代表大会和第五届全国人民代表大会已经确定了我们在 20 世纪内的奋斗目标，决定动员全党、全军、全国各族人民，向农业、工业、国防和科学技术现代化进军。

方毅在报告中对《1978—1985 年全国科学技术发展规划纲要（草案）》作了说明。他说，我们的规划应该是一个为实现四个现代化服务的规划，一个高速度发展的规划，一个先进的规划。

方毅说，该规划纲要，对自然资源、农业、工业、国防、交通运输、海洋、环境保护、医药、财贸、文教等领域和基础科学、技术科学两大门类的科学技术研究任务，做了全面安排，从中确定了一批研究项目作为重点。

该规划纲要还要求把农业、能源、材料、电子计算机、激光、空间、高能物理、遗传工程等 8 个影响全局的综合性科学技术领域、重大新兴技术领域和带头学科，放在突出的地位，集中力量，做出显著成绩，以推动整个科学技术和整个国民经济高速度发展。

方毅说，向科学技术现代化进军，是全党、全军、全国各族人民的共同任务。这是历史赋予我们的一场伟大的技术革命。

方毅还在报告中提出了中国科学院的办院方针。他说：

> 中国科学院作为全国自然科学研究的综合中心，其主要任务是研究和发展自然科学的新

理论、新技术，配合有关部门解决国民经济建设中综合性的重大的科学技术问题，要侧重基础，侧重提高。

此后，中国科学院提出"侧重基础，侧重提高，为国民经济和国防建设服务"的办院方针。

3月27日至30日，每天上午分组活动，交流工作经验，下午则为全体大会，由代表做大会发言。

在大会发言者中，除按惯例有一批领导发言外，引人注目地出现了一批科技专家，包括物理学家周培源、中国科学院数学研究所研究员陈景润、生物农学家金善宝、吉林大学教授唐敖庆、大庆总地质师闵豫、冶金部钢铁研究院物理室主任陈篪、第七机械工业部第五研究院孙家栋、成都工具研究所工程师黄潼年等。

3月30日，中国科学院副院长李昌在全体会议上发言，介绍中国科学院贯彻中央关于"科学院要整顿，要把科学研究搞上去"指示的情况和经验。

1978年3月31日下午，全国科学大会在人民大会堂举行闭幕式和授奖仪式，大会表彰了862个先进集体、1192名先进科技工作者和7675项优秀科研成果。

大会闭幕前，宣读了中国科学院院长郭沫若的书面讲话《科学的春天》。这篇讲话由中央人民广播电台著名播音员虹云代读。

女播音员的声音抑扬顿挫、饱含深情，她掷地有声地念道：

> 我的这个发言，与其说是一个老科学工作
> 者的心声，毋宁说是对一部巨著的期望。这部
> 伟大的历史巨著，正待我们全体科学工作者和
> 全国各族人民来共同努力，继续创造。它不是
> 写在有限的纸上，而是写在无限的宇宙之间。
> ……
> 这是革命的春天，这是人民的春天，这是
> 科学的春天！让我们张开双臂，热烈地拥抱这
> 个春天吧！

会场上顿时响起一阵阵春雷般的掌声，掌声经久
不息。

《科学的春天》成为全国科学大会上的亮点之一，也
成为许多科学家终生难忘的记忆。

在全国科学大会召开期间，大会秘书处先后收到各
地区、各部门向大会献礼的科技成果 1319 项，贺电、贺
信、建议、其他来信共 2 万多件。

这次大会是中国科技发展史上一次具有里程碑意义
的盛会。

核物理专家高潮后来回忆说：

> 开了科技大会，回来就发现研究所的气氛

非常热烈。解放了！解放了！我们组织"科技苦战能过关"，大家从早到晚干活儿，好像都不知道累一样。解放的不仅是人，还有智慧！

会后，全国上下奋起直追、争分夺秒，大家发誓"学习陈景润，为实现四个现代化攀登科学高峰"，把耽误的时间抢回来！

当时有的科研人员周日也不休息，陪来北京的亲戚逛半天颐和园，还为"浪费"半天时间心疼得流眼泪。

1978 年全国科技大会后，科技报纸和科普版面增加，有的地方科技报的发行量甚至超过了百万份。

科学家一夜之间成为最美好的理想、最时髦的职业。孩子在被问到"长大后做什么时"，都会铿锵有力地回答："长大要当科学家！"当时报纸说的完美男人都是科学家、工程师。

全国科学大会的胜利召开，解放了知识分子，促进了中国的科学技术大发展。在党中央的领导下，中国的科学事业一日千里，带领中国的社会主义现代化建设蓬勃发展起来。

# 组织制订科技规划纲要

1978 年 3 月 18 日至 31 日，全国科学大会上，与会代表热烈地讨论《1978—1985 年全国科学技术发展规划纲要（草案)》。最终，这个 8 年规划草案在大会上获得顺利通过。

全国科学大会带来了科学发展的春天，科学规划的制订则为这个春天播下了希望的种子。制订科学规划，是全国科学大会的重要任务之一。

1977 年 1 月，中央派方毅到中国科学院主持工作，重新建立党的领导机构。

1977 年 3 月，中国科学院理论组连续在报刊上发表了文章，重新肯定了自然科学基础理论研究的重要地位和作用。

后来，中国科学院又通过学习《论十大关系》，纪念《关于正确处理人民内部矛盾的问题》和《在中国共产党全国宣传工作会议上的讲话》发表 20 周年等活动，使"科技人员获得了第二次解放"。

1977 年 5 月 12 日，邓小平召见方毅和李昌，就科学和教育问题作了谈话。

邓小平强调：

　　我们要实现现代化，关键是科学技术要能上去。发展科学技术，不抓教育不行。靠空讲不能实行现代化，必须有知识，有人才。没有知识，没有人才，怎么上得去？

　　5 月 30 日，中央政治局和国务院联合召开会议，听取方毅、李昌和武衡汇报科学院的工作。这次会议强调科学实验是三大运动的重要方面，对科学技术，一要普及，二要提高。会议还决定召开全国科学大会，由中国科学院和国防科委负责筹备。

　　1977 年 6 月 22 日至 7 月 7 日，根据邓小平的指示和中央会议的精神，方毅主持召开了中国科学院长远规划座谈会，率先开始制订本院战略规划及各学科 3 年和 8 年计划。

　　这次会议实际上是全国科技工作会议，到会的不仅包括科学院所属各单位，还有有关部委以及各省、市、自治区科技部门的干部和科学家。

　　会议传达了中央关于科技政策的最新精神，回顾了新中国科技发展历程。

　　方毅指出：

　　中国在一些重要的新技术领域拉大了与世界先进水平的差距；基础理论研究的许多领域处于停顿状态；国民经济与国防建设中的许多

重大科技问题长期得不到解决；科技队伍"青黄不接"；科研设备和实验手段相当落后；学风被破坏。

为了解决这些问题，尽快把科研工作搞上去，会议讨论了《1978—1985 年全国科学技术发展规划纲要（草案）》。草案提出包括分子生物学在内的 5 个重点科研项目和 3 项重大科学实验工程，即高能加速器、重离子加速器和大型受控热核反应实验装置。

为了恢复科研工作秩序，决定采取一些重大措施：

1. 建立党委领导下的所长负责制；

2. 重新建立研究所学术委员会；

3. 各单位设置 1 名专管后勤工作的副所长；

4. 科协和各专门学会要逐步恢复；

5. 加强各所的研究室，选择具有一定条件的科技人员任室主任和课题组长；

6. 建立各类人员的考核制度；

7. 通过试点招收和培养研究生；

8. 对学非所用、安排不当的科技人员，要逐步予以调整；

9. 对受审查未作出结论的人员尽快作出结论，结论不当的予以复查改正；

10. 保证科技人员每周六分之五的业务工作时间。

会议还专门论述了加强基础理论科学研究的观点。强调：

用辩证唯物主义指导科学研究，认真贯彻"百家争鸣"的方针；科学研究要走在生产建设的前面；基础科学和应用科学，近期需要和长远需要的研究工作，要统筹兼顾；在伟大的科学实验群众运动中，专业科技队伍应当起骨干作用；党的领导干部要努力学习马克思主义，同时热心科学，熟悉业务，成为内行。

搞科学发展规划是邓小平一直赞同的。

8月，邓小平在科学和教育工作座谈会上说：

过去国家科委搞了1956年到1967年的十二年科学发展规划，这个规划到1962年就基本完成了，后来又搞了十年规划。我总觉得科学、教育目前的状况不行，需要有一个机构，统一规划，统一调度，统一安排，统一指导协作。

8月中下旬，中国科学院召开了连续10天的各部委科技规划座谈会。

1977 年 9 月 27 日至 10 月 31 日，中国科学院主持召开了全国基础科学学科规划会议，参加会议的有中国科学院，高等院校，中央有关部、委，各省、市、自治区科技部门共 220 个单位 1200 多名代表。

会议分别就数学、物理学、化学、天文学、地学、生物学等六大基础学科和各分支学科制订了规划，然后提出了《全国基础科学规划纲要（草案)》。

《全国基础科学规划纲要（草案)》提出的分阶段的奋斗目标是：

从现在起，在三五年内，科学院和高等院校要初步建立起基础学科研究体系，继续发展一些学科某些方面的优秀成绩和领先地位，扎扎实实地全面地向着赶超世界先进的科学水平进军。

在 8 年内，要建成学科门类齐全，中央和地方互相配合，拥有一批现代化实验室的基础学科研究体系，全面展开各学科的研究工作，在一些学科的某些领域接近和赶上世界先进科学水平，在基础学科的更多方面做出优秀成绩和进入世界先进行列。

到 20 世纪末，基础科学各分支学科要大部分或绝大部分接近当时世界先进水平，有相当部分赶上当时世界先进水平，个别学科要居于领先地位。

国务院于 1979 年 1 月批准了这个规划，并在批语中指出：

四个现代化的关键在于科学技术现代化，基础科学是整个科学技术发展的基础，不论从当前还是从长远考虑，不搞基础科学研究是不行的。

1978 年 10 月，中共中央正式转发《1978—1985 年全国科学技术发展规划纲要》，简称"8 年规划纲要"。

"8 年规划纲要"包括前言、奋斗目标、重点科学技术研究项目、科学研究队伍和机构、具体措施、关于规划的执行和检查等几个部分，确定了 8 个重点发展领域和 108 个重点研究项目。

"8 年规划纲要"提出了"全面安排，突出重点"的方针。

"8 年规划纲要"提出我国科学技术工作的 8 年奋斗目标是：

部分重要的科学技术领域接近或达到 20 世纪 70 年代的世界先进水平；专业科学研究人员

达到 80 万人；拥有一批现代化的科学实验基地；建成全国科学技术研究体系。

这一时期，还制订了《科学技术研究主要任务》《基础科学规划》《技术科学规划》。

规划实施期间，邓小平同志提出了"科学技术是生产力"以及"四个现代化，关键是科学技术现代化"的战略思想，为发展国民经济和科学技术的基本方针和政策奠定了思想理论基础。

1981 年 11 月，中共中央提出要依靠科学技术推动经济发展、分层次组织好科技攻关。

国家计委、国家经济委员会、国家科委为此组织各领域专家对《1978—1985 年全国科学技术发展规划纲要》进行了调整，并选出国家重点攻关项目，形成"六五"科技攻关计划。

为确定攻关项目，中国科学院召开了多次论证会、评议会或讨论会。

1982 年 5 月 25 日，中国科学院召开会议，严东生副院长主持会议，由计划局、各学部及院农业研究委员会、能源研究委员会、环境科学委员会、管理科学组共同商议，提出第一批备选重点项目。

1982 年 9 月 21 日，中国科学院向国务院、中共中央书记处报送《中国科学院组织科技攻关情况的报告》，确定 8 个方面的 37 个攻关项目。

经过协调，最终确定农业增产技术、能源开发及节能技术、资源开发与材料、电子技术及装备、环境与生态、新技术等 6 个方面的 26 个项目作为科学院第一批重点攻关项目，其中 16 项列入国家攻关计划，另 10 项为院级攻关计划。

1982 年 11 月 30 日，第五届全国人民代表大会第五次会议讨论并通过"六五"科技攻关计划，将"8 年科技规划"的 108 个重点项目调整为 38 项，包括 114 个子课题。

攻关计划通过后，国家主管部门分别与各主持研究单位签订攻关专项合同，明确各个项目的指标和主持单位的责任。中国科学院在 114 个子课题中参与主持的有 23 个，从 1983 年起全面开展攻关工作。

到 1985 年底，所有攻关项目都基本按照合同要求完成预定计划，取得多项攻关成果，大部分在国民经济中得到推广应用。

"六五"国家科技攻关计划的形成实施，大大促进了中国的社会主义建设。它是在全国科学大会召开以后，中共中央为中国科技发展做的一个规划。

在中共中央的关怀下，中国的科技发展步入了正轨，并奔向光明的前程。

# 三、 科技发展

● 华罗庚写道："村老易空，人老易松，科学之道，戒之以空，戒之以松，我愿一辈子从实以终。"

● 国际水稻研究所所长斯瓦米纳森说："我们把袁隆平先生称之为'杂交水稻之父'，他是当之无愧的。他的成就不仅是中国的骄傲，也是世界的骄傲。"

# 中国科大试办少年班

1985 年 1 月 26 日，教育部决定，在北京大学、清华大学、复旦大学、上海交通大学等全国 12 所重点高等院校开办少年班，扩大少年班的试点。

围绕中国的教育，中央先是恢复了高考制度，后来，中共中央又采取了许多教育改革措施，少年班、博士后是其中的典型事例。

这些措施是在摸索中不断前进的。

早在 1974 年 5 月，物理学家李政道就提出过办少年班的设想。当年，李政道回国访问，通过周恩来向毛泽东建议：

可参照招收和培训芭蕾舞演员的办法，从全国选拔很少数，十三四岁左右的、有培养条件的少年，到大学去培训。培养一支少而精的基础科学工作队伍，从而更好地为中国的社会主义建设服务。

毛泽东同意了李政道的建议，但因为多方面因素的限制，当时并没有马上实施。

1977 年 10 月，江西冶金学院教师倪霖致信当时的国务院副总理方毅，举荐江西赣州 13 岁的天才少年宁铂，方毅对这封信做了批示。

11 月 3 日，这封得到方毅亲笔批示的信，直接促成几个月后中国科学技术大学少年班的诞生。

1978 年 3 月，中国科学技术大学创建了少年班，并于 3 月 8 日举行了第一期少年班开学典礼。

少年班创办的消息一传出，引发了海内外的广泛瞩目。以"神童"宁铂为代表的少年班的出现，无疑是那个年代上演的最振奋人心的"青春励志大片"。

少年班的创立，是为了探索中国优秀人才培养的规律，培养在科学技术等领域出类拔萃的优秀人物，推动中国教育和经济建设事业的发展。

中国科学技术大学原副校长尹鸿钧用"人才战略"来描述了少年班成立的意义。他说：

在那样一个科技人才严重断档的特殊年代，
少年班的出现是服务于国家的人才战略需求的。

1978 年 3 月 18 日，全国科学大会召开。邓小平同志在开幕式上做了重要讲话，指出"在人才的问题上，要特别强调一下，必须打破常规去发现、选拔和培养杰出的人才"。邓小平讲的打破常规，可以说是中科大少年班的最直接写照。

少年班主要招收尚未完成常规中学教育，但成绩优异的青少年接受大学教育。尽管少年班的出现有一定的历史偶然，但却是我国教育史上的一大创新，是一项具有重要意义的教育实践。

1978年10月，不到14岁的郭元林告别父母，踏上了开往合肥的列车。当时与郭元林一路同行的还有比他小2岁的张亚勤，他们是在得知同时考上中科大少年班之后，相约结伴而行的。

1966年，张亚勤生于山西太原的一个普通教师家庭，父亲读完大学后曾分别在大学、中学任教。5岁时，父亲离开了人世。从此，巨大的生存压力便降临到他们一家人的头上。

张亚勤3岁识字，5岁上学。与普通孩子的死记硬背不同，他对图像有天生的敏感。幼年时期，他就显现出了非凡的记忆天赋。张亚勤回忆说："我从小看什么东西都能记住，可以达到过目不忘的程度。"

1977年10月，全国到处在传播着一个令人振奋的消息，中断了10年的高考制度恢复了。

张亚勤记得，那年12月的一天，他从报纸上得知了有小神童被中国科技大学破格录取的事情。11岁的小亚勤被这篇报道吸引住了，或许是小孩子的好胜心，又或许是这颗璀璨的童星注定要开始发光发热，他坚定地对妈妈说："我要上大学！"

母亲不想给亚勤压力，对他说："你11岁上初三已经很了不起了。"

张亚勤果断地说："我要考中国科学技术大学！"

距离高考只有 7 个月的时候，由于长期劳累，张亚勤得了急性肝炎，不得不住院治疗。但他一门心思还是想着两个字"高考"。

母亲心疼张亚勤，怕他的身体扛不住。张亚勤的回答是："我还是应该去尝试一下，如果不去尝试就放弃考试，等于承认失败，等于是零分了。"

母亲知道儿子决心已定，自己无力阻止。她在为儿子担心的同时，也感到了骄傲。遗憾的是，张亚勤以 10 分之差落榜了。正当他以为自己要和中国科学技术大学失之交臂时，张亚勤得知了一个重新激起他信心的消息，1978 年 3 月，中国科学技术大学创建了首期少年班。

终于，张亚勤如愿以偿进入了中国科学技术大学，还是那届学生中唯一一个数学得满分的人。他们来到学校，看到了好几个和他们年纪差不多的少年。

郭元林后来回忆说：

作为第一届少年班招生的对象，其实我在参加高考之前就已经被确定录取了。

当时我还在上高一，因为参加数学竞赛获得了全省第二名而被华罗庚选中，提前进入大学。

头几届少年班的招生，名义上虽然也需要考生参加高考，但实际不论你考多少分，进入少年班这件事早在招生老师选中你的那一刻就决定了。

从 1978 年开始，"戴着红领巾的大学生"在中国出现了。郭元林和他的同学们在铺天盖地对第一期少年班报道的感召之下，"带着刻苦学习、报效祖国这样单纯而崇高的感情，还有高涨的求知欲望与学习冲动"，穿梭在比他们大上四五岁甚至更多的人群当中。他们成了中科大的一道风景。

郭元林因为获得过数学竞赛一等奖，在省里也是不大不小的"明星"，但当他真正进入少年班这样的团体之后才发现，周围的同学超过一半都是各自家乡的"公众人物"，这其中也不乏让郭元林十分敬佩的"神童"。

对于这些平均年龄还不到 14 岁的大学生来讲，真正的大学生活是像陀螺一般周而复始地运转着的。他们上早操、上课、吃饭、上晚自习、按时就寝，偶尔看场电影调剂一下单调的生活，或者为某个学术定律，以"捍卫真理"的名义和同学争论一番。

幸运的是，因为郭元林从小就喜欢研究电路，所以二年基础课程学完之后，他如愿选择了自动化控制专业。不过，像他这么顺利选择到合适专业的并非所有人。据说，当时他的同学有人先后换了 4 次专业，依然不满意。

1979 年，少年班做过一个有趣的教学试验。当时，28 岁的朱源刚到少年班当班主任，为了验证少年班孩子是否真的聪明，希望通过什么方法测试一下。

79级少年班有个数学学习兴趣小组，成员大都是数学竞赛一等奖获得者。有一天朱源问他们有没有学过复变函数，学生有的学了四分之一，有的学了三分之一，最多的自学了一半多一点儿，而复变函数是他们一年以后的课程。

当天晚上，有个孩子跑到朱源家，问："朱老师，你问我们这个干什么？"

"我想了解一下你们超前学习的进度。"

"不对，你别有用心。"

朱源笑了。原来朱源考虑的是，如果这些孩子能自学完课程，可以试着参加两周后78级本科生复变函数的期末考试，如能拿到85分的话，就可以让他们免修这门课程。

看到孩子们真的想试一试，朱源便跑去找教务处办理考试手续。半个月后，5个少年班考生有2人拿了100分，1人98分，1人87分，最少的得了64分。而在78级中科大本科生中，考100分的有十几个，不及格的也有十几个。

少年班创建伊始，中国科学技术大学就致力于探索培养这些特殊大学生的方式，最初几届少年班学生的优异表现，坚定了中国科学技术大学继续办好少年班的决心。

1983年12月28日，邓小平说："科大少年班可以

科技发展

搞。"并作出了批示，要求有关领导落实。

1984 年 5 月 28 日，中国科学技术大学作出了"关于办好少年班计算机软件专业的几项规定"。同年 9 月 5 日，少年班正式开办计算机软件专业，有 23 名学生就读。

中国科学技术大学少年班模式在 1984 年得到邓小平同志的肯定后，1985 年 1 月 26 日，教育部决定，在北京大学、清华大学、复旦大学、上海交通大学等 12 所重点高等院校开办少年班，扩大少年班的试点。

1985 年，中国科学技术大学在总结和吸收少年班办学成功经验的基础上，针对高考成绩优异的学生，又仿照少年班模式开办了"教学改革试点班"，简称"试点班"，又称"零零班"。

两类优秀学生统一管理、相互补充、相得益彰，已成为一个和谐的整体，受到国家领导和国内外教育家、科学家的充分支持和肯定。1986 年，中科大少年班基本形成高考初试、复试录取的模式。

# 建立完善博士后制度

同少年班同样引人关注的还有中国的博士后制度的建立和完善。

1983 年 3 月和 1984 年 5 月，一贯关心祖国科技教育事业和年轻人才培养的李政道曾两次给中国国家领导人写信，建议在中国建立博士后科研流动站，实行博士后制度。

李政道在信中强调，中国作为世界大国，必须培养自己的科技带头人。取得博士学位只是培养过程中的一环，青年博士必须在科研条件比较好、学术气氛活跃的环境里再经过几年的锻炼，才能逐渐成熟。

因此，应在一些高等院校和科研机构中设置特殊职位，挑选一些新近获得博士学位的人员在那里从事一个阶段的博士后研究，以拓宽其知识面，进一步培养其独立工作的能力，使其进一步探索、明确发展方向，成为具有较高水平的专业人才。

李政道的建议引起了国家领导人、有关政府部门以及科技界、教育界的重视，特别受到邓小平的直接支持和关怀。

1984 年 5 月，李政道与夫人一起拜访了邓小平。当时，邓小平问，为什么要办博士后呢？李政道解释说：

科技发展

大学是老师教学生，考试的答案老师知道，学生按照老师的方法去答试题，做对了就毕业，获得学士学位。

毕业后进研究生院，在硕士的基础上，老师除了上课以外，给研究生一个研究题目，可是老师并不知道答案，让研究生自己去按照老师指导的方向，求知一个新的结果，如果老师与同行专家评议认定研究生的结果是对的，研究生就可以毕业，老师给研究生的毕业学位叫博士。

但是真正做研究，必须让学生学习和锻炼如何自己找方向、找方法、找结果出来，这个锻炼的阶段就是博士后。博士后不是学位，而是一个过程。

博士后与博士不同，博士一般只是按照老师选定的博士论文课题进行研究，而博士后可以参与或承担重大科研项目的研究，同时也可以根据自己的专长和爱好自行选择研究课题。

那天，李政道还向邓小平介绍了1979年他在美国专门为中国留学生设立的中美联合招考中国物理研究生项目的进展情况。当时，这个项目已有四届约400位学生，按计划还要再办若干届。

前四届学生的专业都与国家建设关系密切。这些博士将陆续回国服务，如何妥善安排他们的工作，使他们继续发展和成长为中国需要的高级科技人才是一个十分紧迫的问题。

这个问题如果解决得成功，则可以影响其他学科，也会吸引更多的学者参加祖国建设；如果处理欠妥，则会使派出人员将来学成归国的信心受到相当影响。

李政道向邓小平建议，为这些人在国内创造一个回国后能够继续深造的环境。同时，国内毕业的研究生也需要这样的环境。因此，可否在国内先选择一些高等院校和研究单位设立十几个博士后科研流动站为试点，这样可保证人才流动，使其学有所用。将来几百个站、几千个站，可使全国青年学者都在良好的环境中深造，产生新的活力。

邓小平对此建议表示赞赏。他说，博士后对他来说是新事物、新名词，他第一次听到。成千上万的留学人员回来是很大的问题，现在对回来的人不晓得怎样使用。设立博士后流动站是一个培养和使用科技人才的新方法，这个方法很好，他赞成培养和使用相结合，在使用中培养，在培养和使用中发现更高级的人才。

以后各行各业都可以参照这个办法。建 10 个博士后流动站太少，要建立成百上千的流动站，形成培养和使用科技人才的制度。

李政道十分了解，当时科技人员在科研条件、生活

科技发展

状况及其相关的体制上均存在许多有待解决的问题，他深深感到实行博士后制度，还必须采取得力措施，为博士后们创造比较好的科研和生活条件，妥善地为他们解决好科研经费、住房、编制、工资、户口、家属安排、福利待遇等方面的一批具体问题，才能取得预期的效果。

为此，李政道向邓小平建议由国家拨专款，建造一批博士后公寓，专供博士后使用；建立博士后基金，资助优秀博士后开展科研活动；建立博士后日常经费，为博士后科研、生活提供必要的费用保障。

此外，李政道还建议，博士后期间的编制不纳入各单位，以避免当时重点院校和科研单位普遍超编、不能容纳新人的困难；本单位培养的博士不能利用这项新设立的制度，进入本单位设置的同一学科的流动站；博士后在站期满后必须离站，形成必然的流动，同时将可保证博士后公寓能为在站博士后使用；博士后人员及其配偶子女实行户口随博士后本人流动的办法；鼓励青年博士向国外第一流学院竞争博士后职位，允许从国外回来的博士再次到国外做博士后，以保持与科学前沿的接触；博士后站不宜全部集中在北京、上海，在东北、西北、西南等地区也应精选一些高等院校和研究单位设站试点等等。

邓小平对李政道的这些建议频频点头表示赞同，并当即表示，国家要拨款，看准了就要行动，主要是先定点，定了点后就拨款，明天就批，无非是盖房子，买些必要的设备。

邓小平责成主管领导和有关部门尽快予以落实。

1985 年 7 月 16 日，邓小平再次会见李政道。

邓小平首先向李政道了解落实博士后工作中的困难和问题。当李政道向邓小平说，博士后每人每年日常经费仅 8000 元，需增加到 1.2 万元比较合适时，邓小平马上表示可以。

李政道没有想到邓小平会如此爽快地决定此事，立即站起身，走到邓小平跟前说："我要代表这些青年的科学家谢谢您。"

邓小平摆着手亲切地说："是我们要感谢你。他们是我们的娃娃。"

随即，邓小平谈到了人才问题，指出：

> 这是非常重要的事。办什么事情都要有人，我们现在就是缺乏人才，在好多事情上缺乏本领，各个领域都如此。
>
> 人是最宝贵的财富。我们有几万留学生在国外，这是财富，要争取他们回来。我们要加强同他们的联系。一个是搞博士后的方法，一个是特区、开放城市招聘留学生的方法。把他们吸引回来，还要想更多的方法。

在小平同志的亲切关注下，流动站建议很快得以落实。不久，中国国务院就正式批准了国家科委、教育部和中国科学院《关于试办博士后流动站的报告》。

李政道提出的建议都写入该报告及与其相配套的博士后政策规定文件中。

《关于试办博士后流动站的报告》的批准，标志着独具特色的中国博士后制度在邓小平的亲切关怀和亲自决策下正式创立。

自中国博士后制度创立以来，李政道一直担任全国博士后管理委员会的顾问。在我国博士后制度实施过程中，他始终非常关注博士后事业的发展。

中国博士后制度在中国政府和各界人士的关心、支持下蓬勃发展，显示出非凡的生命力。李政道每年都听取博士后管理委员会办公室关于博士后工作发展情况的报告，经常参加博士后管理委员会的会议，与各位委员共商中国博士后制度的发展大计。

李政道不止一次地在许多场合满怀激情地说：

> 祖国 21 世纪在全世界的前景和地位非常光明，祖国留学生在美国许多研究生院中成绩都是最好的，祖国的领导人和政府又这样重视青年人才，这样热心地为青年人才服务，正如很多人所说，从前科技上大部分是犹太人的世界，将来大部分必定是中华民族的世界。

李政道多次与博士后们座谈交流，常常听他们讲述科研工作和生活的情况，参加他们组织的学术会议和各项联谊活动，听取他们的意见。

每次座谈时，李政道总是给他们鼓励，反复强调博士后是国家的宝贵财富，10 年、20 年后，即将来世界的科技领袖相当多数将是华人，其中一部分应该就出在他们之中。

李政道经常勉励博士后们，要十分珍惜国家在财力还不充足的情况下为博士后创造的条件；要发扬民族的精神和团结的精神，为实现人生的理想目标加倍努力地工作。

在党中央、国务院的领导下，经过各有关方面的共同努力，我国的博士后制度已经成为一项能够促进人才脱颖而出、做到人尽其才和推进人才合理流动的培养和使用高层次人才的制度。

在党中央的领导下，在无数科学家的努力下，中国的教育制度不断改革创新，为中国培养了无数的科学人才。在教育力量的推动下，中国的科学事业不断前进。

# 科研人员努力勤奋工作

1978 年 3 月，全国科学大会召开。中国科学院数学研究所研究员陈景润作为中国知识分子的优秀代表，和老师华罗庚一起坐上了会议主席台。更让陈景润兴奋的是，邓小平、聂荣臻专门接见了包括他在内的一些著名的科学家代表。

当陈景润伸出双手，握住邓小平的手时，不善表达的他深深鞠了一躬。当时的陈景润戴着透明的大框眼镜，伛偻着背，身材消瘦，穿着朴素的藏蓝制服，两只干瘦的手紧紧攥着邓小平的手，有些局促紧张，又充满了真诚的感激。

1978 年 3 月 27 日，大会 4 位代表发言，陈景润作了题为《科学有险阻苦战能过关》的发言。

这一切表明，中国知识分子的春天真的到来了，中国科技人才受到了前所未有的重视。

陈景润原来住在中关村 88 号集体宿舍三楼一间 6 平方米的锅炉房。屋里除了一张床和一个小桌子之外，别无他物。薄薄的门墙无法替它的主人挡住外来的风暴，白痴、寄生虫、剥削者、修正主义苗子，无数帽子扣向陈景润。

陈景润把所有的玻璃窗糊上纸，躲在里面偷偷摸摸地搞科研。

陈景润用 7 年的时间简化、完善了他原来的关于"哥德巴赫猜想"的论证，使厚厚的几堆演算纸变成了薄薄的十几页。1973 年，论文在《中国科学》发表，国内外数学界为之震动。

陈景润的情况引起了中央领导邓小平的高度重视。

邓小平曾多次过问陈景润的身体状况，并指示有关部门解决了他生活的实际问题，改善其科研环境。

中国科学院数学所杨乐、张广厚在 1965 年至 1977 年间，在《中国科学》外文版、《数学学报》合作发表 8 篇论文，在整函数和亚纯函数方面取得了许多创造性成果。

1977 年 2 月 25 日，杨乐和张广厚在世界上第一次找到了函数值分布理论中的两个主要概念，还有亏值和奇异方向之间的有机联系，推动了函数理论的发展，轰动了国际数学界，这一成果被称为"杨张定理"，获得 1982 年国家自然科学二等奖。

1977 年，中央决定将陈景润从助理研究员提升为研究员，将杨乐和张广厚从实习研究员提升为副研究员。这意味着恢复了职称评定制度，是当时中国进入"科学的春天"的举措之一。他们三人成为当时宣传"尊重知识，尊重人才"的典型。

《人民文学》杂志于 1978 年 1 月发表了作家徐迟的报告文学《哥德巴赫猜想》，不久《人民日报》《光明日报》同时转载了这篇文章。《人民日报》用整整三大版的篇幅转载一篇文学作品，是新中国成立以来从来未有的。一时间，洛阳纸贵。陈景润，这个已过不惑之年、瘦弱多病的数学家，成为当时全国青年男女的偶像。

他们的成功也成为他们的老师华罗庚的骄傲。华罗庚是中国乃至世界上赫赫有名的数学家，在中国和世界上都享有很高的荣誉。他在参加完全国科学大会之后，便立即投入到中国的科学事业之中。

当时有一些人，特别是青年人受到不良社会风气的影响，某些部门急于求成，频繁地要求报成绩、评奖金等不符合科学规律的做法，导致学风败坏，出现了一些粗制滥造、争名夺利、任意吹嘘的现象。

1978 年，华罗庚在中国数学会成都会议上语重心长地提出："早发表，晚评价。"后来，他又进一步提出："努力在我，评价在人。"这为当时形成良好的学术风气起到了促进作用。

1979 年 5 月，华罗庚到西欧作了 7 个月的访问，以"下棋找高手，弄斧到班门"的心愿，把自己的数学研究成果介绍给国际同行。这时的华罗庚已年逾古稀，体弱多病。为了鞭策自己以最大的决心向自己的衰老作抗衡，他专门写了一段话。

华罗庚写道：

村老易空，人老易松，科学之道，戒之以空，戒之以松，我愿一辈子从实以终。

1981 年，在淮南煤矿的一次演讲中，华罗庚指出：

　　观棋不语非君子，互相帮助；落子有悔大
丈夫，改正缺点。

　　意思是，一方面，当你见到别人搞的东西有毛病时，
一定要说；另一方面，当你发现自己搞的东西有毛病时，
一定要修正。这才是"君子"与"丈夫"。

　　针对一些人遇到困难就退缩，缺乏坚持到底的精神，
华罗庚在给金坛中学写的条幅中写道：

　　人说不到黄河心不死，我说到了黄河心
更坚。

　　1982 年 11 月，华罗庚第二次心肌梗死症发作，但他
在医院中仍坚持工作，他指出："我的哲学不是生命尽量
延长，而是要多做工作。"

　　1983 年 10 月，华罗庚应美国加州理工学院邀请，赴
美作为期 1 年的讲学活动。在美期间，他赴意大利里亚
利特市出席第三世界科学院成立大会，并被选为院士。

　　1984 年 4 月，他在华盛顿出席了美国科学院授予他
外籍院士的仪式，他是第一位获此殊荣的中国人。

　　1985 年 4 月，华罗庚在全国政协六届三次会议上，

被选为全国政协副主席。

1985年6月3日，他应日本亚洲文化交流协会邀请赴日本访问。6月12日16时，他在东京大学数理学部讲演厅向日本数学界作讲演，讲题是《理论数学及其应用》。17时15分讲演结束，他在接受献花的一刹那，身体突然往后一仰，倒在讲坛上。20时9分医生宣布他因患急性心肌梗死而逝世。

华罗庚去世后，人们为了纪念他的成就，举行了华罗庚金杯少年数学邀请赛。

华罗庚以自己的勤奋为中国的科学事业作出了巨大贡献。有一首他自己写的诗可以比照他为中国科学奉献的一生。这首诗写在他《从孙子的神气妙算谈起》这本书的扉页上。

华罗庚写道：

神气妙算古名词，师承前人沿用之。

神气化易是坦途，易化神气不足提。

妙算还从拙中来，愚公智叟两分开。

埋头苦干是第一，发白才知智叟呆。

勤能补拙是良训，一分辛苦一分才。

在科学的春天里，无数的科学家为中国的科学事业努力拼搏，甚至为之献出了宝贵的生命。华罗庚倒在了自己的讲台上，而蒋筑英则倒在了为中国光学事业发展的道路上。

1938 年 8 月 1 日，蒋筑英出生于贵州省贵阳市一个旧职员家庭。从小就吃过很多苦的蒋筑英，始终对党怀有深厚的感情。

全国科学大会召开以后，蒋筑英感到了党对知识分子的极大重视，并寄予了无限的信任和希望，蒋筑英更急切地要求加入共产党。

1979 年 10 月，组织上派蒋筑英去西德学习。在国外学习期间，蒋筑英经常向使馆的党组织表述自己申请入党的迫切愿望，多次与使馆的共产党员谈心。

1981 年 10 月，蒋筑英又一次向党支部递交了入党申请书，表达了希望加入共产党的迫切愿望。在他殉职的前一周，他还和他的入党介绍人促膝长谈 3 个多小时，表达他对党的忠心。

1982 年 5 月 26 日，蒋筑英所在的四室党支部，根据他的多次申请和一贯表现，经过讨论决定，同意他的入党申请，他的夙愿终于如愿以偿了。

这天夜里，蒋筑英怀着激动的心情，认真地填写了《入党志愿书》，写下了他的信仰和誓言：

> 一个人的生命是短暂的，但是党的事业是永存的。在以后的岁月里，我要做到三个第一，党的利益第一，研究工作第一，他人第一，为实现党的各项战斗任务，贡献自己的一切力量

直至生命。

除了对党始终不渝的忠诚，蒋筑英还在科学上作出了巨大贡献。

1979 年，蒋筑英在西德工作半年，对非可见光领域进行了新的探索，并有了突破性的进展。

1981 年，他去英国和西德验收光学传递函数测定装置和三坐标测量仪，都提前圆满地完成了任务，受到国外专家的高度评价。

蒋筑英把生命的分分秒秒都献给了祖国的光学事业。对此，他从不居功自傲，从不停步不前，目光始终盯着光学技术的高峰。正像他在业务自传中所说的那样：

> 我们这一代人肩负着继往开来的重任，老一辈对我们寄予极大的希望，青年人需要我们去培养，光学领域里的许多未知的东西等着我们去探索，有多少事要我们去做啊！

1979 年，长春光机所学术委员会鉴于蒋筑英的科研成果和特殊贡献，推荐他为副研究员。他知道后，婉言谢绝了。

1981 年底，所里分配给蒋筑英一套三居室的房子。这一夜，他的妻子高兴得合不上眼，他也失眠了。对于这一家人，实在是太需要有一个像样的住房了。

可蒋筑英却多次找领导说，自己人口少，孩子又小，有两间就足够了，坚决要求把这套宽敞的房子让给更困难的同志。

所里九室的一位同志运用蒋筑英提出的镀膜理论，进行实际试验，获得成功。事后他们合写了《摄影物镜的光谱透过率和彩色还原特性的校正》的学术论文，受到光学界的重视。

1982年，这篇文章在厦门召开的全国光学年会上受到很高评价，大会点名邀请蒋筑英参加会议。然而，蒋筑英一再推说工作忙，执意要九室的那位同志去讲，他把荣誉主动让给别人。

1982年6月13日，是星期天，早晨4时他就早早地起床了。他把晚上锅里的剩饭泡上热水，草草地吃了一顿早餐。妻子给他拿了6个鸡蛋，要他煮熟了路上吃。他煮了4个，自己拿了两个，留下两个给孩子早上吃。早晨5时，他穿过晨雾，匆匆地走了，走得那么急，竟连一句告别的话都没来得及说。

14日早7时50分，他由招待所出发，换乘两次公共汽车，之后步行两公里多，8时50分到达南关机器厂开始工作，下午回到招待所，又同有关人员讨论验收仪器装置的各项事宜。

可是，人们怎么能想到，他一心扑在工作上，是忍受着病痛的巨大折磨，在为祖国的光学事业进行着最后的拼搏呀！

23 时多，蒋筑英痛苦的呻吟声惊醒了同伴。同志们急忙把他送进医院。

蒋筑英对送他入院的同志说："你们一夜未睡了，快回去休息吧。"

蒋筑英还对看望他的南关机器厂领导说："谢谢你们了，快回去工作吧。"

医生诊断他长期积劳成疾，患有化脓性胆管炎、败血病、急性肺水肿等多种疾病。因抢救无效，蒋筑英于 1982 年 6 月 15 日 17 时 3 分去世，终年 43 岁。

在科学的春天里，有太多科学家感人的事迹，他们为中国的科学奉献了一切。有中国的保尔之称的罗健夫也为中国的科学事业献出了生命。

罗健夫是湖南省湘乡县人，1959 年加入了中国共产党。他大学毕业后先后在母校及西安电子计算机技术所、骊山微电子公司工作。

罗健夫曾主持国家的空白项目——图形发生器的攻关。他以顽强的毅力，用很短的时间就掌握了第二外语。他攻读电子线路、自动控制、精密机械、应用数学、集成电路等多门课程。

为了攻克科学难关，罗健夫有时整日不出工作室，饿了啃块馒头，困了就躺在地板上打个盹。经过不懈努力，他先后研制出第一台"图形发生器""Ⅱ型图形发生器"，为我国航天工业作出了重大贡献，并因此在 1978 年获得全国科学大会奖。

1978 年获得全国科学大会奖后，罗健夫再接再厉，继续研制"Ⅲ型图形发生器"。

正当他的科学事业如日中天的时候，不幸发生了。在一次调试设备时罗健夫突然病倒了，经过医生诊断，确诊他患了晚期淋巴癌。

在疾病面前，罗健夫不但没有被打倒，反而以更顽强的拼搏精神和乐观向上的态度泰然处之。为修改Ⅲ型发生器的图纸，他强忍病痛一头扎进资料堆。至 1981 年 10 月，他已独立完成"Ⅲ型图形发生器"的全部电控设计。

1982 年 4 月，罗健夫作为垂危患者住进医院。他不要组织派人照顾，在死亡随时都会降临的时刻，反而经常劝慰同室病人要树立战胜疾病的信心。

然而，罗健夫最终还是没能逃出病魔的恶爪，经医治无效去世，年仅 47 岁。罗健夫的生命虽然消失了，但他的精神是永存的。

罗健夫平日酷爱阅读《钢铁是怎样炼成的》，并以书中主人公保尔为榜样，身体力行，忘我工作，从不计较个人得失利害，从不表现自己，多次自动放弃评聘高级职称和提升干部的机会，连颁发的奖金他也分文不收，被同事誉为"中国式保尔"。

1982 年下半年，《工人日报》《光明日报》及全国大小报刊连续刊登罗健夫的生平事迹，号召全国人民学习。

1983 年，国务院追授罗健夫为全国劳动模范称号。

科技发展

罗健夫最常说的一句话就是：

　　党和人民的事业是最崇高、最有意义的，在它面前，个人的一切都显得那么渺小！

　　罗健夫以自己的言行，让我们看到了一个优秀科学家的品格，他是中国科学家的楷模。

　　在科学的春天里，女科学家也以自己的实际行动，为中国的科学事业做出了辉煌的成绩。

　　修瑞娟是山东青岛人，中国农工民主党党员，曾获得"联合国世界杰出女科学家"的特别荣誉称号。

　　修瑞娟曾在苏联学医，1961年毕业回国。1981年至1983年在美国进修期间，修瑞娟发现国产山莨菪碱能够抑制血液中粒细胞和血小板的聚集，就提出了微循环海涛式灌注的假说。

　　修瑞娟是世界医学史上第一个以中国人姓氏命名医学理论的医学家。

　　修瑞娟为了自己的科学事业，自愿到四川省简阳县牌坊沟工作。在四川工作期间，她不得不把女儿丢在乡下请人照看，每周都在省城和乡下来回奔波。

　　修瑞娟从未想到过自己要成为一名世界上的知名人物，而只想发现肺心病患者在生命弥留之际微血管的长度和管径的变化，从中发现一些规律，并找到医治的办法。

但这做起来太难了。根据一般规律，肺心病患者发病一般在清冷的夜晚，修瑞娟远离自己的家来到省城医院就是为了寻找这样的机会。

医院里职工的住房很紧张，没有一个地方能够给修瑞娟支上一张床。外单位人员来到这里办事，只能住在火车站附近的一个招待所里。

修瑞娟每天 14 时离开招待所，去挤一辆通往省医院的汽车。下车以后，她又急匆匆地直奔肺心病患者的病房。

修瑞娟透过显微镜，仔细观察病人手指的甲皱微循环，然后测出微血管的长度和管径的大小，最后拍下照片，写下记录。每一个病人的手指都要在她的显微镜下经过，每一个病人微循环世界的轻微变化都逃不过修瑞娟的眼睛。

修瑞娟就是这样一秒钟一秒钟地度过的，从下午到傍晚，从傍晚到子夜，从子夜又到黎明。当病人从沉睡中清醒的时候，当病房里有了一点儿生机的时候，修瑞娟这才发现太阳已经升起来了。

直到这时，修瑞娟才真的感觉有一点儿累，才意识到一天的工作该结束了。修瑞娟整理好东西，离开病房，下意识地走出医院，挤上通往招待所的汽车，来到自己的住所。

这时，修瑞娟真想闭上那双疲劳而又锐利的眼睛休息一会儿，但是，一夜的观察结果还需要进行总结，如果有一个可疑的数据出现在记录上，就会使她异常兴奋，疲劳和困倦也一扫而光。

做完了这一切，修瑞娟才会倒在床上睡一会儿，算是对"再生产"的一点儿投资吧。她的睡眠时间很短，只有四五个小时。如果不睡觉也能工作的话，修瑞娟就永远不会闭上她的一双眼睛。

在病房里，修瑞娟除了进行她的课题研究以外，什么事情都能遇到。夜深人静，病人口渴了，修瑞娟就放下手里的仪器，喂病人喝水；有的患者要大小便，修瑞娟就找来便盆，直到病人躺下重新入睡，她将便盆冲刷干净之后，才又开始她的事业。

有时，危急病人突然发作，修瑞娟就会找来医院的医护人员，帮助他们采取急救措施之后，再抢准时机，用照相机拍摄下患者在生死关头微循环世界的奥秘。

修瑞娟的实验室是喧闹的，有时又是寂静的，死一般的寂静。她自己也不知道有多少个夜晚是在太平间里度过的。"九死一生"是说人在经历了重重劫难以后，大难不死。如果把它仅仅作为一个数据来理解，那么修瑞娟的"实验室"不是"九死一生"，而是"十死一生"或"二十死一生"，因为太平间里，只有她一个人是有生命的活人。

修瑞娟需要活人的数据，更需要死人的数据。肺心病患者在结束生命的一刹那以及死后一个半小时的时间内，是修瑞娟获取数据很重要的时机。

修瑞娟经常随着死者从病房转移到太平间，用显微镜对准死者的手指，仔细入微地记录下血液从死者手指的甲皱完全排空时微血管的变化。萧瑟的秋风和凛冽的寒风都会给人带来凄凉和恐怖之感，更何况是在深夜，而且是在周围布满尸体的太平间内。

　　这一切，修瑞娟似乎已经习惯了，她没有时间考虑周围的人和她有什么本质的不同，更没有时间去体会神话中鬼魂索命的意境，她只想着微循环，想着她能从微循环的世界中找到使肺心病患者起死回生的"灵丹妙药"。

　　随着光阴的流逝，修瑞娟完成了《肺心病患者甲皱微循环的变化》的论文，并在国际上引起了强烈反响。

　　修瑞娟通过无数个翔实的科学数据，真实地再现了肺心病患者在发病时微循环血管的变化规律。根据这一规律，她做出大胆的判断：肺心病患者的休克或死亡不一定是心脏发生了问题，很可能是由于微循环出现了障碍。

　　对于修瑞娟的重大发现，不仅中国同行们认为这是"我国医学科学界的又一硕果"，而且得到国外专家的承认。

　　1982 年和1983 年，全美召开第二十八届、第二十九届微循环会议，她应邀出席，并发表了她的研究学术论文。

　　1983 年 6 月，由 5 位权威学者发起成立了国际微循环研究所，修瑞娟是发起人之一。

修瑞娟发现和总结的微循环血管变化的规律，被世界同行称为"修氏理论"，并被评为"1983年世界十大科技进展之一"。

1984年，修瑞娟获得"国家级有突出贡献中青年专家"称号，被荣聘为瑞典传统医学科学院院士、意大利医学研究院院士。

许许多多科学家在中国科学的春天里，为中国的科学事业做着默默的奉献。他们的努力奋斗，使中国的科学技术获得了飞速发展。

# 农业科技飞速发展

1982 年，国际水稻研究所所长斯瓦米纳森在一次学术讨论会上由衷地赞扬了中国的水稻专家袁隆平。他说：

> 我们把袁隆平先生称之为"杂交水稻之父"，他是当之无愧的。他的成就不仅是中国的骄傲，也是世界的骄傲。他的成就给人类带来了福音。

全国科学大会的召开，极大地推动了中国的农业科技发展，袁隆平的水稻研究事业从此走上新的征程。他的研究在全国科学大会上受到表彰。

袁隆平从 1964 年开始研究杂交水稻，为中国的农业发展作出了巨大贡献。他在研究杂交水稻的道路上走出了一条不平凡的路。

袁隆平是江西省九江市德安县人，是我国杂交水稻研究创始人，被誉为"杂交水稻之父""当今中国最著名的科学家""当代神农氏"等。

1953 年，袁隆平从西南农学院农学系毕业，成为湖南省安江农校的一名普通教师。1960 年，面对当时严重的饥荒，这个 30 岁的年轻人热血沸腾，立志用农业科学技术击败饥饿的威胁。

1960 年 7 月，袁隆平在安江农校实习农场早稻试验田里，偶然发现一株水稻植株与众不同，植株高大、颗粒饱满。通过试种，他断定这是一株地地道道的"天然杂交稻"。经人工授粉，这株稻子结出了数百粒第一代雄性不育材料种子。

袁隆平认为，既然自然界存在着"天然杂交稻"，说明水稻和其他异花授粉作物一样具有杂种优势。他决定跳出水稻"无性杂交"学说的束缚，开始进行水稻的有性杂交试验。

1966 年 2 月，袁隆平的第一篇论文《水稻的雄性不孕性》发表，提出通过培育雄性不育系、保持系和恢复系的三系法培育杂交稻，直击传统理论禁区，引起国家科委的高度重视。

1970 年 11 月 23 日，袁隆平的助手李必湖在海南的普通野生稻群落中找到一株雄花败育株，发现其对野败不育株有保持能力。袁隆平欣喜若狂，因为这给杂交稻研究带来了新的转机。

1972 年，农业部把杂交稻列为全国重点科研项目，组成了全国范围的攻关协作网。1973 年，张先程、袁隆平等率先找到了一批优势强、花粉量大、恢复度在 90% 以上的"恢复系"。袁隆平历时 9 年的三系配套难关终于被攻克。

1973 年 10 月，袁隆平发表了题为《利用野败选育三系的进展》的论文，正式宣告我国籼型杂交水稻"三系"配套成功。

1974 年，我国第一个杂交水稻强优组合南优 2 号育成，1975 年杂交水稻制种技术研制成功，从而为大面积推广杂交水稻奠定了基础。

从 1976 年开始，杂交水稻在全国大面积推广，比常规稻平均亩产增产 20% 左右。袁隆平和他的杂交水稻震惊了全世界，也赢得了极高的荣誉。

1976 至 1987 年间，他培育的杂交水稻种植面积累计达到 11 亿亩，增产稻谷 1000 亿公斤。1979 年，杂交水稻作为我国第一个农业技术专利转让美国。以后，他又研制出一批比现有三系杂交水稻增产 5% 至 10% 的两系品种间杂交组合。

杂交水稻的大面积推广应用，解决了世界五分之一人口的吃饭问题，国际同行尊称袁隆平为"杂交水稻之父"。1980 年至 1981 年，袁隆平赴美任国际水稻研究所技术指导。

1982 年，袁隆平任全国杂交水稻专家顾问组副组长。1985 年，他提出杂交水稻育种的战略设想，为杂交水稻的进一步发展指明了方向。

自 1981 年袁隆平的杂交水稻成果在国内获得建国以来第一个特等发明奖之后，从 1985 至 1988 年的短短 4 年内，又连续荣获了 3 个国际性科学大奖。

随着科学春天的到来，在中国的农村也出现了一批"土专家""种田秀才"。他们都是地地道道的农民，但却为全国农业科技致富带了头。

1982年底，《人民日报》发表了一篇《"四大王"相会在北京》的文章。这"四大王"是当时中国科学技术协会评出的四大致富能手，他们是四川温江的"番茄大王"张文康、四川新津的"冬瓜大王"吕璞修、山东的"作物大王"李祥苓、天津的"鸭子大王"张天兴。

1947年，张文康生于温江涌泉镇，由于父亲被评成地主，随后二三十年间他受尽歧视。小学一毕业，他就开始务农，成年后做再多的活儿，也只能被评为打折扣的"小工分"。当时，几乎每年春节一过，他就要到处借粮。

1980年初，张文康迎来了生命中的转折点，他所在的涌泉公社五一大队一生产队决定将队里先前几乎荒废的2亩3分7厘的一块坡地，拿出来"包"给社员。

1978年后，全国农村改革风起云涌，四川省内各地的"包产"做法也层出不穷，队里当时想以"承包荒地"作为试点，为了增加队里的收入，也为了进行试探。

这是一块全队公认的不能灌水的下等田。当地属于都江堰灌区，大部分土地都是能排能灌的上等田，不能灌水的一般都没人看得起。不过，这毕竟是第一次搞承包田，虽然是旱地，还是有几户人家争的。

张文康当时报价"1500元"来承包这块地，吓退了所有的竞争者。

当时一个工分才值 1 角多钱，1500 元相当于队里 10 多年给他分的钱，1500 元在当时基本算是天文数字了。当然张文康自有他的小算盘。

张文康不是一时冲动。他已经想得很清楚，1 亩地 1 年至少可以种 3 季，春季育苗子，夏季种番茄、冬瓜、海椒、茄子等，冬天种白菜、萝卜或莴笋，1 亩地 1 年至少可以产 1 万公斤蔬菜，1 公斤 1 角就可以卖 1000 元，2 亩多地完全能够把承包费赚出来，这还不算第一季卖苗子的钱。

包下了这 2 亩多旱地，可种什么好呢？张文康一时还没想清楚。1980 年春节刚过，站在龙泉驿区大面镇的蔬菜种子供应基地里，张文康忽然产生了一个想法——当地没有的肯定就能畅销。

当地没有的东西是番茄。由于种子、土壤、技术等原因，温江地区产出来的番茄不红，所以一直没人种它。张文康决定当年夏天就种番茄。

凭着"瞅冷门"这样一个简单的想法，张文康拿出了 1.2 亩地来种番茄，其余种茄子和海椒等。买回种子来，全家立即投入到紧张的劳动之中，翻地、平整、施肥、育苗，全家人忙得不亦乐乎。

经过一年起早贪黑的忙碌，当年年底，他不仅足额交纳了承包费，而且还赚了 500 多元钱。平生以来第一次手中握有这么多属于自家的"巨款"，张文康激动得睡不着觉。

1981年春节前，他高兴地为全家每一个人买了新衣服，又花了11块钱为自己买了人生中第一双皮鞋。

1981年初春，当地开始了大规模的"包产到户"，张文康家又多分了4亩土地。由于邻居们都学他开始种蔬菜，纷纷向他家求种苗，于是当年他又多了一项收入——育苗。一年下来，不到年底，卖菜加养猪就让他赚了6000多元。

张文康一大家子8口人，多年里一直挤住在两间10多平方米的土坯房里。于是，他花了6000多元建起了一排好房子，除了一楼一底5间楼房，还有3间平房和一间厨房，总共9间。那是温江地区农村的第一幢楼房。

1982年初，张文康被评为当地的专业户和致富能手；1982年春，中共中央农村政策研究室主任杜润生来到他家，经过一番认真计算，得出一个结果，去年张文康的收入已经过万，他现在是"万元户"了。

刚听到这个头衔，张文康真的还不敢相信自己的耳朵。回到家里，张文康反复计算，结果真的是这样。从此，张文康"番茄大王"的名声不胫而走。

1982年底，张文康被评为全国科协的致富能手，与其他几位"大王"一同到北京接受了表彰。

1983年后，他家的年收入已达五六万元。

1983年，他当选为第六届四川省人大代表。

1987年，他种植的茄子在全省第一次出口到日本。

同年，他还作为农村致富能手，在成都市金牛宾馆受到了邓小平的接见。

1988 年，他又当选为第七届全国人大代表，还有了四川省科学技术学会常委等头衔。

在中共中央的领导下，在全国科学大会的感召下，在科学的春风里，中国的农业科技获得了飞速发展，中国的农业水平也得到不断地提高。

全国上下一齐努力，为中国的农业现代化而奋进。

# 中科院开发科技新产业

1985年春，王震西拒绝了欧美多个实验室的邀请，受中科院和周光召院长委托，留在国内创建中国科学院三环公司。

在系统地从事稀土合金和非晶态材料磁性研究的基础上，王震西和同事一起，率先将世界最先进的高速气流粉碎技术移植到钕铁硼生产工艺中。

同时，王震西他们还解决了大规模工业生产中稀土合金的氧化、自燃、模具硬化、强磁场取向、真空保护烧结和表面防腐蚀涂层等一系列技术难题，使百吨级具有国际先进水平的钕铁硼生产线整套设备基本国产化，大大降低了生产成本，使我国能以最少的资金投入和国际上最高的投入产出比，迅速发展扩大生产规模，在短短5年内就超过了美国和欧洲，成为仅次于日本的世界第二大烧结钕铁硼生产国。

三环公司是中国科学院为推动科技产业化而组建的又一家公司。科技产业化是中国科学院在全国科学大会召开后采取的新的举措，这是同我国的改革开放发展相适应的。

1972年，中国科学院物理所的王震西到法国进修稀土合金和非晶态磁性。这两个研究领域的结合，在1982

年至 1983 年成为研制第三代稀土永磁合金的新途径。

在当时各国处于完全保密的情况下，物理所和电子所的科研人员各自发挥多年来积累的研究经验，进行了独立研究。他们大胆跳出传统思维，进行创新，经过不懈努力，钕铁硼永磁材料终于研制出来了。

1983 年 9 月，在北京科学会堂，第七届国际稀土永磁材料讨论会召开。日本著名学者金子秀夫教授在中国的讲台踌躇满志地大声宣布：

日本住友公司最近已研制出磁能极高达 36 兆高奥的第三代稀土永磁材料——钕铁合金。

报告了这一爆炸性的消息后，金子秀夫教授仍意犹未尽。最后，他又补充了一句："请原谅，我只能说这一句话，请诸位不要提任何问题，我也不能做任何回答。"

当然，骄傲的日本教授绝不会想到，在中科院物理研究所磁学研究室，王震西领导的课题组正在独立地进行着钕铁合金的研究，而且他们已经离成功只有一步之遥了。

第七届国际稀土永磁材料讨论会结束后，王震西课题组加快了研究工作的速度。当时研究室正在加固，为了抢时间，他们在电子所的一间材料仓库里清理出一块 10 多平方米的空地，利用一台 20 世纪 50 年代国产的振动台、一台需要经常修理的扩散炉和千斤顶继续他们的艰苦试制。

9月的北京已经是寒意浓重，凛冽的北风侵人肌肤。由于所用的材料易挥发、易燃、有毒，仓库里又没有通风柜，所以课题组成员只好穿着大棉袄，在露天的院子里干活儿。遇上糟糕的天气，大家的手都要冻僵了，只能进屋暖暖再出来接着干。

当时王震西还兼任物理所科技处的处长职务，所以他白天必须安排所里的工作，研究只有在早晚和中午到实验室加班。

有时大家工作太紧张，会谈都没时间，只好在晚上做完实验后边走边谈。如果该分手了还没谈完，就干脆站在路灯下，裹着棉大衣开"路灯会议"。开始的许多重要决定就是在这些数不清的路灯会议上孕育而成的。

就这样，大家奋斗了几个月，经历了无数次失败，最终王震西和他的伙伴们终于研制成中国自己的实用型第三代稀土永磁材料——钕铁硼磁钢。在时间上仅比美国、日本晚3个月，而性能已经超过美国，和日本不相上下，处于当时世界领先水平。

1983年10月，第五届全国磁学和磁性会议在江苏省常熟举行。中国科学院物理所和电子所联合研究组代表王震西发言。在这次会议上，王震西公布了研制出第三代稀土永磁合金的结果。从此，中国正式成为国际上少数几个研制出第三代稀土永磁合金的国家。

在此基础上，中国科学院迅速大胆地转移和推广了这项新技术，通过组织联合攻关大胆改进工艺。

1984 年 8 月，中国科学院又研制出低纯度钕稀土铁硼永磁材料，其磁性能和物理性能均达到国际先进水平。这套有中国特色的工艺技术，为进一步扩大中试和大规模工业生产奠定了基础。

钕铁硼是一种稀土磁性材料，在微型家用电脑、钢铁、石油化工催化剂、电子行业、超导研究等方面有着广泛的用途，国际市场对它的需求量逐年上升。

新型材料钕铁硼研制出来后，摆在王震西面前的只有两条路，一是开完鉴定会后继续从事他的基础研究；二是抓住这项新的技术工艺，迅速办成一个产业。

1985 年初，时任中国科学院副院长的周光召多次对物理所领导建议，希望王震西能走一条与企业相结合的路，发展中国的高科技产业。

4 月，周光召亲自找王震西谈话。周光召希望王震西下海，要他以全新的模式把科学院的有关力量组织起来，成立新材料研究开发公司。

周光召给王震西说了自己的思路以及公司的发展走向，开始先集中开发钕铁硼，将来要开发超导等其他重要新材料，逐步建立起高技术产业，走一条科研、生产、应用、开发、市场销售与服务一体化的新路，以打入国际市场为目标，创建中国的"贝尔实验室"。

周光召问王震西："你觉得成功的把握有多大？"

王震西思考了一下说："三分把握，七分风险。"

"有三分把握就干！"一向轻声细语的周光召一字一顿地说出了这一句话。

在周光召和中科院的支持下，王震西决定跳出只有二三流科学家才下海的思想束缚，大胆地走出属于自己的人生之路。

1985年初，科学院三环新材料研究开发公司在物理所、电工所、电子所、冶金所的支持下正式组建。三环，具有双重的象征含义。它可以指科研、生产、开发这三个环节紧密连接又互相依存，也可以指科研单位、工厂、市场这三个环节紧密连接又互相依存。三环体现了王震西办公司的指导思想。

材料工业属于见效慢但收效长的产业。材料工业的起步都需要一定的建设周期，它往往能促成整个产业结构的更新换代，其影响可达十数年。这些特点决定了材料工业特有的发展规律，决定了它产生的效益慢而稳，不会像电子、信息等产业那样见效快。

在中国科学院的有力支援下，三环公司迅速形成百吨级的生产能力，产品当年就进入国际市场，新增产值3000万元，创汇300多万美元，成为继美国、日本之后，国际上第三家钕铁硼永磁材料的供应地。

公司创建伊始，王震西倡导大家树立一种创业精神，献身事业、开拓创新、埋头苦干、不图虚名。当时社会上一些公司发奖金比较多，而三环公司在很长一段时间里，一分钱补贴也没有。王震西当众宣布：

我们是为创办中国的钕铁硼产业来办公司
的，谁要是只图个人眼前的一点儿小利就请他
不要到三环来。

　　为了争得高速度、高效益，王震西和同伴们付出了
艰苦的努力。有一次，王震西为了动员一位青年同志到
公司工作，登门去请了六七次。盛夏酷暑，王震西和几
个同志却在粤北、赣南的山区公路上颠簸，在矿区做实
地调查，即使旅游景点近在咫尺，也无暇参观。工厂的
同志连续几个月不放假也是常事，有时连国庆、元旦、
春节还要加班加点。

　　1988 年，中国钕铁硼永磁材料获国家科技进步一
等奖。

　　中国科学院为了扩大自己的科技产业，发挥自己的
科研优势，还在经济特区建设了科技工业园。

　　1980 年 8 月 26 日，国务院批准成立深圳经济特区。
由于特区实行特殊政策和灵活措施，大力引进外资，市
政、经济建设等发展迅猛，对科学技术的需求也越来越
迫切，中国科学院发挥科研优势，积极为建设深圳特区
服务。

　　建设初期，主要是广州分院的各研究所在城市规划、
市政建设和资源利用等方面提供咨询服务。随后，原属
其他地区的一些研究所也进入特区办公司。

　　1984 年 3 月 25 日，中国科学院副院长严东生赴深圳与深圳市领导进行会谈，签订了长期科技合作协议。这标志着科学院与深圳特区的合作进入全面、长期、高层次阶段。10 月，深圳市政府函请中国科学院承担深圳工业园区规划工作，科学院迅速组织专业人员进行论证。

　　1985 年 7 月 30 日，中国科学院与深圳市人民政府合资建立的深圳科技工业园在深圳南头奠基，这是中国最早建立的科技工业园区。它在加速科技成果的商品化和产业化，孵化高新技术企业等方面进行了积极的探索。

　　不到几年，工业园内 1.1 平方公里的土地上，就汇集许多高新技术企业，初步形成电子信息、新型材料、生物工程三大支柱产业，在国内外产生了较广泛的影响。

　　中国科学院开发自己的科技产业，为中国科技迅速转化为效益，走向国内国际市场起到了促进作用。

# 中关村发展科技产业

1988 年 5 月 10 日，国务院正式批准《北京市新技术产业开发试验区暂行条例》，被称为"18 条"。诸多优惠政策让中关村的发展插上了翅膀。

中关村的创业潮始于 20 世纪 80 年代初。中国科学院物理所的陈春先借着科学的春天，引领了时代潮流。1979 年陈春先到了美国。科技与产业结合的繁荣景象深深触动了他，他决心把这个"崭新的概念"引进到中国。这个概念就是将科技成果转化成生产力。

1980 年，陈春先回国。他在新成立的"北京等离子体学会"叙述自己在美国看到的一切，并当场宣布自己的计划，成立"先进技术发展服务部"，并在第一年里就赢利 3 万元。

然而，事情并不总是一帆风顺的。在 20 世纪 80 年代初，科学家是几乎没有从事科技产业的。

1982 年 1 月，在中国科学院物理所的一次会议上，陈春先和自己的上级管惟炎发生第一次正面冲突。管惟炎说陈春先"不务正业，歪门邪道，腐蚀干部"，指责陈春先"搞乱人的思想，搞乱科研秩序"。

陈春先则反驳道："我看不是搞乱了科研秩序，而是正在建立新的科研秩序。"于是，管惟炎毫不留情地把争论升级，指控陈春先从未向他报告财务收支，其账目必有不可告人的秘密。

双方各恃自己的立场，都不愿让步。

然而，中央的一纸批文，却大大改变了局面。当时有人向中央写报告反映了这个问题，胡耀邦、胡启立、方毅三人都做了批示。三人一致认为，陈春先的做法是完全对头的，应予鼓励。胡启立的批示说：

> 陈春先同志带头开创新局面，可能走了一条新路子，一方面较快地把科技成果转化为直接生产力，另一方面多了一条渠道，使科技人员为四化作贡献，一些有贡献的科技人员可以先富起来，打破铁饭碗、大锅饭。

批示还责成科技领导小组拿出具体的方针政策来。中央领导对这件事情的大力支持引起了巨大反响。

中科院和海淀区政府开始对中关村地区给予全力支持。紧接着，四海、科海、信通、联想等11家企业出现了。陈春先出人意料地反败为胜，对自己这个本来难以为继的"服务部"进行扩张。他们为自己起了个新名字，叫"北京市华夏新技术开发研究所"。

北京市华夏新技术开发研究所于1983年4月15日宣告成立，在政府的批准文件还没下来，便按捺不住，提前诞生了。创始人之一纪世瀛说：

中国最大的科学金字塔开始破裂了。

无论对中关村还是对整个中国来说，这都是一个颠覆性的事件。1983年，陈庆振创立科海。这个以科技转化推广为主要业务的公司，不仅开创了中国孵化器行业的先河，还在中关村引起了一股"技工贸"热潮。

陈春先不再孤军奋战，因为在他身后已出现了一大群义无反顾的人。他们将和他会合成一股力量，把一根又一根楔子打进金字塔的裂缝。此时，陈春先等人还提出：

> 不要国家编制、不要国家投资，要自筹资金、自愿组合、自主经营、自负盈亏。

陈庆振借着他科学院科技处科技档案管理员的便利，到处呼吁技术专家到工厂兜售自己的发明。中国第一代计算机工程师王洪德干脆在中科院计算所的一次会上公然宣布：

> 我决定，从明天起离开计算所。最好是领导同意我被聘请走。聘走不行，借走！借走不行，调走！调走不行，辞职走！辞职不行的话，那你们就开除我吧！

1983年5月13日上午，陈春先召开华夏新技术开发研究所成立之后的第二次理事会议，决心说服他的技术人员转向"微型电脑和智能系统"更高的技术领域。

1984年，陈春先、陈庆振、王洪德他们逐渐理解，最重要的事情不是自己手里有什么，而是外面的世界需要什么。

在改造北京大学计算机房中，王洪德从中一下子赚了19万元，这让他们这些新时代的领军人物更坚定了市场信念。所以在看到电子计算机的光明前景后，王洪德、陈庆振和陈春先，还有更多的人，全都以最快的速度投入其中。

于是，真正的商业运动就在白颐路上发动起来了。就在白颐路的商业体系发生变化时，处于觉醒中的中国市场也在迅速改变。

最重要的改变来自20世纪的一项伟大发明——计算机。1984年1月，国务院计划委员会订购了50台"长城0520"。"长城0520"是我们国家生产的第一台微机。中央的行动给中国的科技产业以极大鼓励。

1984年春天，国家科委开了一次会，研究"世界新技术革命与我国对策"。中央政府试图在自己的经济战略中注入世界科技的最新动向。党的领导人也开始采取一些象征性的但却是实实在在的行动，让高新技术在普通百姓眼里不再遥不可及。

1984 年 2 月，邓小平在上海的一个科技展览会上摸着一个表演计算机的孩子的头说：

计算机要从娃娃抓起。

这句话后来在全国广泛传播，再经口口相传，整个国家已无人不知，这大大增加了民众对电脑的热情。

1984 年 4 月的第二周，科学家谷羽联合中国科学院的几位学者，向中南海呈递了一封信，信中建议说：

利用现有的智力资源，组成科研—开发—生产联合的基地。

在指出中关村蕴藏着一大批科学家和大学生之后，这封信接着说，这里"人才济济，但没有生气；单位近在咫尺，却如远在天涯，潜力很大，但没有开发"。

当时中央政治局常委胡启立把这封信转给了中国社会科学院的副院长宦乡，要他谈谈看法。宦乡是个兼有官员和学者双重身份的人，当时正好在美国访问。

像陈春先一样，宦乡也被美国的硅谷感染了。4 月 26 日午夜，宦乡回到北京，看到了谷羽的信以及来自中南海的指示后，进行了长达一周的思考。

1984 年 5 月 4 日，宦乡给胡启立写了一封信。他说科学家们说出了一个"令人痛心的事实"，他们的建议

"都是值得重视的"。未来撰写中国科技史的学者们是不该忘记这封信的。宦乡不仅维护了学者的意见，而且更重要的是，他第一次提出在中关村建立一个"科学城"的设想。

1984年4月29日，华夏新技术开发研究所创办的《新兴产业与科技扩散》出版了它的"试刊第一号"，当时印数只有100份，免费赠送。编者声称，"这是中国民间创办的第一份刊物"。它讴歌了中关村里那些出走的科技人员，说他们创办的企业是"灿烂的科技之花，必将结出丰硕的经济之果"。

1984年5月，当时的计委主任宋平关于研究探讨在中关村建立一个把大学研究所和工业部门结合起来的开发中心的批示，提出了产学研的结合问题。

1984年9月11日，《北京日报》发表了任稚羲的文章，题目就叫作《开创中国式硅谷的探索》。文中写道：

坚冰已经打破，道路已经开通。

靠科技起飞，开创中国式的硅谷。

这是中关村历史上的一个重要时刻，就是在这时候白颐路完成向"电子一条街"的转变。1986年6月，国家科委全国高新技术开发区研究课题组成立。一年后，《北京中关村建立高技术开发区的调查与研究报告》完成。

中央办公厅调研室牵头的联合领导小组，对中关村进行了为期两个月的调查；明确提出，以中关村"电子一条街"为基础，设立高新技术开发区，采取国家不拨款，但是提供政策环境支持的建议。

1985 年 3 月 13 日，中央发布了《关于科技体制改革的决定》，明确允许集体和个人建立科研机构，更大地推动了中关村的发展。

1986 年 11 月，中科院提出了"一院两制"的概念。一部分人继续搞研究，另一部分人出来办科技企业，把科技成果转化成生产力，发展成产业。第二年，中科院所属院所建立的企业达到 148 家，占到"电子一条街"企业总数的三分之一，从业人员占了 50% 以上。

1986 年 11 月 18 日，中央正式公布中国的"863 计划"。中国在科技产业化道路上又前进了一步。

1988 年 3 月 12 日，《人民日报》刊登了中科院"一院两制"全文，对中央领导的批示采用编者按的形式公布。国家科委、北京市政府联合提出建立新旧产业开发区的报告。

# 谱写航天科技新篇章

1979 年 1 月，邓小平访问美国。在访美期间，邓小平就中美科技合作问题与美国领导人进行了会谈。最后，中美双方签订了《中美科技合作协议》。

从美国引进遥感卫星地面站是双方科技合作项目之一。这个项目具体由中国科学院负责，总投资 1000 万美元。

20 世纪 70 年代，卫星遥感技术开始在国际上发展起来。遥感卫星地面站是这一科技的基础设施，它的任务是跟踪资源卫星，并接收资源卫星传回的信息，同时对这些信息进行处理，使信息转化为人们可以读取的图像、数据。

卫星遥感科技具有宏观性、重复性和分光谱段提取信息等特点，在国民经济的许多领域有广泛的用途。中国从 1978 年起，利用航空遥感技术开展了多次资源调查，但总体上与世界先进水平存在相当大的差距。

当时中美科技合作还处于初创阶段，美国对华出口许可政策十分严格，向中国开放高技术的商务实施条例尚未形成。中美两国政府通过多种渠道，为中国引进地面站积极寻找合理解决的途径。

1980 年，中国科学院与美国国家宇航局在北京签署谅解备忘录，为地面站的引进工作铺平了道路。

1982 年 12 月，中国科学院与一家美国公司签订商务合同，委托该公司承担该系统的主要研制工作。在 1985 年底，整个系统从美国陆续运抵中国北京。

这座地球资源遥感卫星地面站包括微波信号跟踪接收、数字图像处理和照相处理三部分，其主要任务是接收、处理、分发、储存地球资源遥感卫星数据。

1986 年 5 月底，经过中美专家的通力合作，卫星地面站全部安装完毕并投入试运行。试运行期间，卫星地面站接收了以北京为中心、半径为 2400 公里、来自地球 705 公里高空的美国地球资源图像卫星传来的信息。信息由 300 多幅图像和数据组成，图像分辨率为 30 米。

12 月中旬，卫星地面站接收转化了近千张图像，为国内外用户在资源勘探、国土普查、环境监测及农业等方面提供试用，均得到满意的效果。

中国科学院组织的鉴定专家组认定，该站的各项主要技术指标达到或超过了原设计要求，图像产品质量已经达到国际先进水平。

在引进美国卫星高科技的同时，中国也在独立进行着自己的人造卫星研制开发。中国科学院为中国的人造卫星事业作出了巨大贡献。

1982 年 10 月，中国进行了潜艇水下发射运载火箭试验，中国科学院有十几个单位承担了研制任务，为试验成功作出了贡献。

1984 年 4 月 8 日，中国成功地发射了一颗试验通信卫星。这颗卫星定位于东经 125 度赤道上空，可以进行广播、电视、电话、电报、传真等各种模拟和数字通信。

这是中国的第一颗同步通信卫星，中国成为继美国、苏联、欧洲空间组织和日本之后，利用运载火箭发射同步卫星获得成功的国家。

在这项工程中，中国科学院近 30 个单位承担了 40 多项研制任务。科学院长春光机所研制了 3 台红外电视电影经纬仪，科学院电子所研制了 7 项微波器件，空间物理所研制的 4 种星上探测仪器，上海有机所和上海硅酸盐所研制的有机、无机温控涂层，长春光机所研制的高精度高速齿轮，兰州化物所为高速齿轮提供了特种润滑材料。这些研制任务为中国的第一颗同步通信卫星的发射起到了关键的作用。

1984 年 11 月 7 日，中国科学院发出通报，决定拨出 30 万元奖金，对参与水下发射试验任务和发射通信卫星这两项工程的有功人员进行一次性奖励，并给予 40 多位作出特殊贡献的人员提升一级工资。

中国通过独立研发和引进外国先进科技，大大促进了中国的卫星航天事业。

全国科学大会为中国的航天科技发展揭开了新的篇章。

# 本书主要参考资料

《国史全鉴》本书编委会编 团结出版社

《共和国五十年珍贵档案》中央档案馆编 中国档案
出版社

《中国现代史资料选辑》彭明主编 中国人民大学出
版社

《科学的春天》方新等编著 科学出版社

《邓小平与中国科学院》路甬祥主编 江西教育出版社

《胡乔木》叶永烈著 广西人民出版社

《中南海三代领导集体与共和国科教实录》岳庆平等
编 中国经济出版社

《中南海三代领导集体与共和国经济实录》王瑞璞等
编 中国经济出版社

《改革开放四次大争论亲历记：交锋三十年》马立诚
著 江苏人民出版社

《郭沫若的著名讲话〈科学的春天〉诞生记》钱江
著《党史博览》2003 年第 6 期

《改革以前的中国共产党与自然科学基础理论研究》
刘仓著《当代中国史研究》2006 年第 5 期

《追忆 1978 年全国科学大会》吴明瑜著《财经》杂
志 2008 年第 11 期